五点三十九分的小镇

祁瑞慈　著

文化发展出版社
Cultural Development Press
·北京·

图书在版编目(CIP)数据

五点三十九分的小镇 / 祁瑞慈著. — 北京：文化发展出版社，2023.4

ISBN 978-7-5142-3963-8

Ⅰ.①五… Ⅱ.①祁… Ⅲ.①诗集－中国－当代 Ⅳ.①I227

中国国家版本馆CIP数据核字(2023)第040810号

五点三十九分的小镇

祁瑞慈 著

责任编辑：岳智勇
出版发行：文化发展出版社（北京市翠微路 2 号 邮编：100036）
网 址：www.wenhuafazhan.com
经 销：全国新华书店
印 刷：唐山楠萍印务有限公司

开 本：710mm×1000mm 1/16
字 数：280 千字
印 张：19.5
版 次：2023 年 4 月第 1 版
印 次：2023 年 4 月第 1 次印刷

定 价：89.90 元
I S B N：978-7-5142-3963-8

◆ 如有印装质量问题，请电话联系：19930259557

序一

薄愁淡雅自成诗

荣　荣

开始阅读筱慈这部诗集文本时，正好在结束宁波市第九届以线上为主的文学周活动之后。活动本来挺圆满的，完结后心情也放松了，却不想，突然接到疾控部门的电话，说我们邀请到现场的本省的几位专家，因为来时动车同车厢有一位新型冠状病毒阳性确诊病例的缘故，返回省城时健康码变红，被拉去隔离了。同行返程的几位也都进了宾馆隔离，我也因此成了一位次密接者，被要求自我居家隔离。当许多人因为隔离，在方寸间无所事事时，我恰巧收到了筱慈的诗集。所以有这次短暂沉浸的阅读及书写体会，在隔离的日子里，有了一次难忘的诗意潜逃。

最初的感觉是筱慈这部诗集够厚。以我的阅读经验，作者应该不属于初写者，本诗集也不会是她的首部诗集，我以此确定这是一个有激情，又不停地在表达的高产诗人。因此，我很想用“丰沛”这个词，来作为我阅读的第一个界定。在这里，丰沛一词，我更多指的是情感的饱满度、创作的活跃度及根植于生活土壤的、有根可寻有源头滋养的创作落点。这三点自然也构成了她诗写的厚度和有效度。

《五点三十九分的小镇》

麻雀唱起自然醒来的清晨
我推开窗户　为窗台的花浇水
钻进来村庄上空田野里的清风

为思绪的花开浇了忘情水
可被风吹拂的一朵花红了脸
恋爱一般羞涩
我嘲笑着它　看向窗外

鸟儿追逐远处轻烟的狂热
吃光了我在墙头上
为它们放的所有豆子
一溜烟
又去追寻不知去向的云朵
回一个神
我在等待中
看它们啄木栅栏上的飞蛾

我热爱它们的灵性
如同热爱你一样亲切
这是五点三十九分的温泉小镇

这首放在诗集最后的诗，诗题成为她诗集的集名，应该可以作为她诗集里的代表之作。里面抒写的小镇，是现实的，也是虚拟的；是自然的，也是内心的。凌晨的小镇，一切都是有灵性的，这灵性来自自然景物：不起眼的麻雀，穿越村庄的清风，追逐鸟儿的轻烟，终究会不知所终的云朵和飞蛾；这灵性也来自内心的等待、期盼：想忘却的某种纠结情感，渴望亲爱事物的忐忑，带给她慰藉的也真也幻的小镇等。短短的一首诗，看似写景状物，里面的情绪却自足而饱满。这也是她许多同类诗中所共有的呈现方式，“她的心事／像田野上空的白云一样多／那些被她凝望过的白云／和天空一同／把她的瞳孔染蓝”（《思索过的心事》）。这些诗歌，让读者不停地与一位内心丰沛的蓝瞳孔女孩相遇，并在她种种心事里，触摸到她许多的单纯、活泼与美好。

在网络视频里我看到过这样一句话：“村子只要有人住过，风一定会带来故事。”但风带来的故事如果还原，就不再会是原来村子的模样：那已是传说中的村子，是怀乡的人心中的村子，或者就是通过文学或艺术手法再造的村子。筱慈诗里的故乡也是一个被她还原后的诗乡，那也是她的精神之乡，她说：“我时常在想，我到底有多爱我的村子，走在田野间，竟会情不自禁地为它落泪，我时常想，却想不明白，要唱过多少婉转醇厚的京韵，错过多少动听优美的歌声，才可与最珍贵的流星相融，才可为我最爱的故乡，在虫鸣声声的倭瓜花开的藤架下，写一首叫作《清晨小镇》的诗。”她在诗中表达这份情感：“我的故乡就是这样／阳光打在开满油菜花的那片土地时／蜜蜂舞出甜蜜的身姿／香喷喷的油菜花　随春风飘进我的家门／想起杨树上的那些眼睛／夏日长里　一整天／我都在望着那些眼睛／是它们指引小小的我……我热爱的故乡里　那片慢悠悠的光阴／也正是这样淳朴的故乡／为生在这片土地的人们　重复积蓄着一生的食粮。”

因此，占据诗集大篇幅的叙述小镇或村子的诗歌，构造起了她内心的诗乡，那也是她心灵翅膀栖居的地方。她用情吟咏，故乡的物事为她的诗歌架构了有着轻薄愁绪的温暖。所以，我想用“温暖”这个词作为阅读她的诗歌的第二个界定。温暖，这也成为她所有诗歌的情感基调，开卷有暖阳柔风。对此，相信读者会与我同怀同感。

第三个界定词我想到了“内敛”。她的诗歌给我的印象，是一个温婉、面含羞怯的女子。她再多的诉求，再多的愿望，或有再激情难抑的爱恋，她也只会装在内心，看上去若无其事，只在想象的场景里去演绎去完成。比如，她这首《惦念的人》：“如果有能照亮人心的事物 / 我相信是春天 / 花朵在温风里妩媚 / 小生物在用整个春分的柔美 / 尽情地爱怜 / 我闭起眼睛闻花草 / 一点飞花落入砚池 / 一缕细细的幽香　钻进泥土 / 像探究到一个重生的开始 / 让我脸红心跳　明目张胆 / 在田埂上偷偷听它们的情话 / 那样多的话　多像一首诗 / 在这片土地上 / 在某一个时刻 / 我愿意把嘱咐和叮咛的琐碎 / 落实给所有从土地冒出的事物”。

这首题为《惦念的人》的小诗，从中我们并没有看到她惦念的人的模样、性情、爱好及与她的关系热度，只有一组春天乡野里的画面。所爱之人融于情景，羞于出口，一反情诗的写作惯性。王顾左右而言他，虽然她的表达说不上奇妙，但如此表情达意，也是一种出新。诗集中的绝大多数诗歌，她都采用这样“歪打正着”式的写法，这自然也构成了她的一种写作特点。

再看她的《去向》一诗：

“我的心有了一个 / 自我安顿的去向 / 静静地　不惊不扰 / 珍惜那么好的去向 / 我还要走多远到达 / 更远的去向 / 我还要爱多久走近 / 更近的去向 / 它像时空赐给我的一片流星 / 与老去的日子 / 到达一个峰顶 / 静看　飘舞蔽天”。

这样的内敛，对于诗歌作品而言，有了更多的含蓄，更多的意蕴，也更耐读些。也就是说更诗意些，也因此是更可圈点的。虽然在现实生活中，我更喜欢那种浓烈的直白，爱就大声说出来，就去爱个天昏地暗。她这样犹抱琵琶半遮面，不失为成功的新奇出场。

诚然，生活是生活，诗是诗，诗是由艺术处理后的生活之面目全非。这里的生活自然囊括时间、空间和心灵内外所有存在的或存在过及即将存在的，是大千万物古往今来东西南北。如何处理，只听凭诗者，处理得好不好，读者埋不埋单，也在于诗者处理的技艺。作为多年的诗歌写作者，我对诗歌写作的态度，已从当初的“极其较真”到现在的“随意就好”，这里的随意，我自认不是一种惰性，而是更自然也许还更本真的写作状态。我觉得“本真”也能作为阅读筱慈诗歌的第四个界定词。从某种程度上说，筱慈的诗写，已有她固定的模式：清浅的、淡雅的。有点到为止的妙意，也有旁顾他人的好处。

自我隔离仍在进行中，这篇文章却已近尾部。疫情见人心，随处有暖意也有令人几多感慨的诸事。人间有情，诗可直抵，感谢筱慈的诗集，给我带来的短暂沉浸和远离。希望她能在诗写的路上走得更久更远，也能开创出属于她的更多更精妙的表达手法，对此，我很期待。

荣荣

2022 年于宁波寓所

荣荣，本名褚佩荣，著名作家、诗人。出版过多部诗集及散文随笔集，现任浙江省作协副主席、宁波市作协主席。参加过《诗刊》社第十届青春诗会，曾获《诗刊》《诗歌月刊》《人民文学》《北京文学》等刊物年度诗歌奖，中国作家出版集团优秀作家贡献奖，首届徐志摩青年诗人奖，第二届中国女性文学奖，刘章诗歌奖，十月文学奖，全国第四届鲁迅文学奖等。著有诗集《风中的花束》《雨夜无眠》《流行传唱》《像我的亲人》《看见》等。

序二

散落在小镇里的诗句

冰　峰

读祁筱慈的诗集《五点三十九分的小镇》，很容易就把人带到一个悠闲的、充满情感花絮的小巷之中。孤独的、纯真的、宁静的、绵长的、空旷的、深邃的、悠远的、现实的场景交织在眼前，让人顿时有了诗意般的迷乱，有了诗歌的空灵和虚幻。我似乎看到一个幽怨的、充满幻想的女孩在小镇里散步，身边散落的诗句发着亮光，影影绰绰，像火苗一样撩拨着读者的心情。我走在石子铺就的马路上，一缕思绪飘过，宛如小镇里的炊烟，断断续续地飘向天空。作者前行的路线很不确定，似乎是停在一家酒吧或一间古旧小屋的窗口，望着小巷里穿行的人流，微笑着、思考着、期待着。我在小巷里走走停停，总也猜不透作者的心思，含蓄的、朦胧的诗句附着在衰老而又朴实的街道上，天空并不晴朗，飘过的云朵正在被风一点点撕碎。我梳理着自己的阅读思路，想找出一些锋利的词汇对这些诗句加以梳理、解剖，可这些诗句瞬间变成了文字的迷宫，让我找不到出口。时间尚早，我还需要继续停靠在这座小镇，消磨一段时光，然后安静地等待五点三十九分的到来。

五点三十九分到底发生了什么，这是一个谜，一个让读者陷入思考的悬念。在这一刻，小镇发生了什么，我不知道，读者也不知道。或许，这是作者留下的一件情感遗物，一个有裂纹的纪念标识，或一本丢失的日记。

这几年，我一直在主张诗歌语言的自然、诚实、清明、透彻，一直在为诗歌清扫句子和词汇上的灰尘。而今天，我却停下了手脚，因为我看到的不是灰尘，而是捧着露珠的花瓣和绿芽，清淡的、陌生的香味飘来，我不得不开始重新思考，审视眼前迷幻的小镇和五点三十九分给我带来的神秘、魔幻和挑战。

因为疫情，我没有见过祁筱慈本人，她的《五点三十九分的小镇》是朋友推荐给我的，朋友让我为这本诗集写序……其实我是一个不会写序的人，虽然有许多朋友的作品集前面印有我的序言，那也完全是一种误会。我的序言没有章法，都是一些随性的文字，禁不起推敲。好在之前的序言都是为朋友写的，对作者有着很深的了解，所以动起笔来总是有话可说。即使对作品没有足够的认可，我也可以写写友情或作品之外的事情。总之，无非就是为初读者担当一次向导罢了。而这一次不一样，我未见作者，无法取巧偷懒，只能对文本进行“硬啃”了。

所以我的心境更为干净，阅读文本时，也可以心无旁骛。但转念想来，只看文本，有可能把序言写成一篇点评文章。诚然，写成点评文章也没有什么不好，或许作者也考虑了这样的因素。因为我是一个编辑，又是一个写诗多年的“老人”，对文本的把握和评价较一般评论家更为“接地气”。我不会“高屋建瓴”，只能走进文字的丛林，说一些与文本有关的话。

其实对于编辑而言，只看文本不看作者是极其正常的审读习惯。我在文学刊物当编辑的时候，多数作者都与我没有往来。但这些作者在我的脑海中仍然呈现出一幅幅画面，有着一定的轮廓。而即便如此，虚拟和想象也是不可靠的，甚至会出现令人捧腹的窘态。记得有一位作者就给过我一次“教训”，他的作品细腻温婉，充满了女性的柔弱，我以为他是“林妹妹”一样的人物，后来见面了才发现他是一条地地道道的“硬汉”。这说明，人是有两面性的，内心和外表的差异有时候是大相径庭的。

祁筱慈长什么样，如果不看她的微博，我是想象不出来的，因为她的作品呈现了一种“复杂”，掩盖了她应有的个性和可爱的一面。“复杂”没有什么不好，“复杂”是一件外衣，脱去外衣，留给人的是无限的遐想。为了渐次脱去她一层层词汇的修饰，看到她作品的真相，我们不妨先走进她的作品，看看文本里所藏匿的一切。

我喜欢在某个清晨踏步走进村子里的花草，我喜欢叫我们的温泉小镇为村子，那是最朴素的名字，可以让人永远保持纯真诚恳的性子。如心里惦念的人，只想为他寄去一片欢喜，只想永远保持那段青葱岁月里一个策马扬鞭的回眸。

显然，这个小镇是温润的，有水的声音和温暖，也有回忆和“心里惦念的人”。这样定位和理解小镇，可能对整体解读诗集有很大的帮助，起码，有了一个客观的场景和情感的基调。接下来，作者写道：

我在村子的杨树林中行走时，总会闻到大气脱俗的清新，但在这没有爱情的小镇，我会自顾自地摘一束水池旁橙黄的菊花，接受它绚烂与无情的凋谢，没有忧伤，我明白，多么青春的脸也要面对岁月的烘烤……我时常在想，我到底有多爱我的村子，走在田野间，竟会情不自禁地为它落泪。

真挚、诚恳、直白，宛如一段记忆的悼词，无法遮蔽的情感，若隐若现，似乎正在将读者的视线搅乱。也仿佛是一个喝醉酒的人，随意说出的话却是“我没有醉！”。既然这里是“没有爱情的小镇”，又何以出现“心里惦念的人”？隐情的暴露不是刻意，而是委婉。这可能就是作者有意制造的反观与背叛，其意图也就不言而喻了。爱会生恨，而恨又是一种深刻的，暴露着伤口的爱，这是人性的弱点，谁也无法逃离。

我们不妨再看看以下这些与情感有关的诗句。

我躲在火焰深处

允许自己想什么都可以

这是从未有过的惊喜

透过火光

我看到一瓶酒

在玻璃杯中晃动

美好得

让我看到了爱情的样子

——《吞掉心跳》

我会欣然推开窗

由它随意盗窃我所有的期待

——《笨重》

有一天我老了

翻看到自己写的诗

一样是个小姑娘会脸红心跳

那有什么关系

既然我们在文字中相遇

就诚实地坚信

爱　从不卑微

——《爱不卑微》

我想与你隔空对饮

用你的酒杯把我的心灌醉

而我要在你身上　关上窗外明月

为干净的胯骨披一件薄衫

——《一条鱼》

在你面前
是心如止水的燃烧
你清澈的眼神
霎时间杀伤我脆弱的伤痛
我的退缩与羞涩
闻到千年前一棵幽兰的忧郁

——《仙子》

那一年我常在泪水中睡去
梦到一只小鸟
在春山新雨后 寄来书信
那一天 我喝掉永定河的水
伫立在那棵老柳树下
万箭穿心地呼啸

——《煮透过的忧伤》

在这些诗句中，我们似乎看到了一个女孩所经历的一切，羞涩、腼腆、惊喜、相遇、心跳、心醉、伤痛、呼啸……仿佛一曲纯情的交响乐，在读者耳边奏响。读这些诗句，仿佛在聆听一个受伤的灵魂的诉说，诗句中弥漫着甜蜜的忧伤。爱与伤痛的矛盾，较量、疏离……充满了搏斗的观感。总体看，这几首诗，虽然语言的元素比较"清淡"，没有庞杂、奢华的意象和词汇，但对情感的表达，已出现风景，达到淋漓尽致，触动心灵的境界。

再看看另外一首《依着云的故乡》，不经意的表达，依然让人内心掀起波澜。

有飞鸟依着云

为大片油菜花痴情

还有在小径　剩下一把野芦草的四月

无论在田野的眼睛里流淌多远

对村子的“痴情”书写，或之后的“任由我长成一个天真的孩子”，其实“都不是闲云野鹤”，而是“心灵耕种出的风景”。这样的诚实交代，无不在泄露作者的意图和念想。无论是“小镇”，或者是“村子”，其实都是作者心中的寄托和错觉。小镇可能是一种情感的虚构，而村子才是本能的回望，有着泥土的香气。至于接下来出现的“一声声扎进骨血里的乡音，让人着迷、忧伤”这样优美而深刻的诗句也就不难理解了。

翻阅诗集的时候我也看到了《放到田园里》的一些句子，自然、清淡，却寓意深远。

夜幕中的晚香玉已沁满整个院子

那么多的夜晚

是它们在陪伴星星

“星星”是孤傲的，但也是寂寞的，只有“晚香玉”陪伴着它们。而我，“已习惯了在摇摇椅上重温旧梦”或者“在台灯下翻看书中老照片”。情感已逝，物是人非，各有归宿罢了。虽然作者有过“让我脸红心跳 / 明目张胆 / 在田埂上偷偷听它们的情话”的经历，但《惦念的人》已成昨日。

看来，情感回忆是构成这本诗集的主线，也是小镇里游走的灵魂。

但就我个人喜好而言，我则更喜欢另外一些具有厚重泥土味道的“非虚构”诗歌，如《温润》《生长》《吞掉心跳》等。我在初次阅读《温润》一诗时，情感出现了少有的激动和期盼。低调、亲切的叙述唤醒了我小时候的记忆。我看到：草地、油菜花、土路、温暖的水壶、可爱的小熊……具有年代感的自行车穿行其中，彼此呼应、理解、烘托。这样一幅画面，自然、淳朴、开阔、辽远，让人内心宁静、平和。

我骑上自行车
去看房西的油菜花
车筐里有我温热的
水壶和可爱的小熊
我路过草地旁的土路
闻到久违的泥土清新

——《温润》

院子里的花自顾自地开放
从不管有没有人看
树上的青柿子说好了一同成熟
从不管以后被谁摘下
没有顾及
才会美乎乎地猛生长

——《生长》

没有一点力气了
就躺在干净的田野里和白云游荡
天上的风筝和星星点点的野花

早已看到我的渺小

——《饮酒游歌》

小时候　我喜欢在火车道旁行走

捡起一颗石子　扔向未知的远方

勇敢的人则在铁轨上行走

——《小镇里的重复》

我喜欢这些“非虚构”的诗句，这些诗句的语言是有支撑的，不是简单的词汇与词汇之间的隔空争斗，而是有生活内容的。骑上自行车的我，在院子里自顾自生长的我，躺在田野里看风筝的我，在火车道旁捡起一颗石子、扔向远方的我……这些画面是动人的，有生活语言的。我想，如果作者能够在这样的写作方向上有进一步的延伸、拓展，她的写作一定会有大的突破。

写到这里，我依然不知道“五点三十九分的小镇里”发生了什么，而下面的这几首诗，似乎已经向我泄露了什么。

如果有一天

你来园中喝茶

我会特意切好两片柠檬

摘满一个瓷碗的薄荷

燃起炭火　温一壶老酒

情不自禁地

在你耳边

哼唱起

一首叫《绿岛小夜曲》的歌

——《一片多情的夜色》

你有一双翅膀

在黎明前飞行在各家的屋檐下

你能看到

炉火里烧过的饭菜

谁家母亲抱起啼哭的孩子

喂奶时的全神贯注

——《土地的去向》

想到我无意间去过的

那个小镇

人们穿着扎染的裙衣

和多多的蓝靛花布

在清白之年的天空飘荡

内心泛起一片干净

——《留在书页里的诗》

看来，只有“内心泛起一片干净”，才会在“五点三十九分的小镇里”看到什么……好了，诗集读完了，我可以“燃起炭火，温一壶老酒”，在微醉中，想象那个“穿着扎染裙衣”的女孩从天空飘过……也许，五点三十九分的小镇里什么也没有发生，那一时刻，只有我，坐在小镇的炭火旁，为一本诗集写序。然后：

麻雀唱起自然醒来的清晨

我推开窗户　为窗台的花浇水

——《五点三十九分的小镇》

我的这篇序言可能写得有些凌乱，有点条理不清的感觉，其实这是有意为之。诗意的创造有时候是模糊的、含蓄的，而这正是文学的魅力所在。我不想把我的序言写成评论，用说教的、干瘪的语言或具有套路的语言“指责”或“挑剔”作者和她的文本，我觉得那样会让这本诗集失去诗意和纯净。这本诗集所弥漫的情调是晨光中嫩叶上的露珠，珍贵的不是全部，而是一点一滴。我在小镇里行走的时候，偶尔也采摘到了一些这样的露珠，算是对我文章的滋润。我很想让这篇序言接近《五点三十九分的小镇》所释放的情绪，构成“一脉相承”的阅读快感，而不是破坏或引领读者“误入歧途”。

总之，我很希望《五点三十九分的小镇》能给读者带去诗意和文学的纯粹，也很希望我的这篇“导游文章”能助推读者走进作者用心构筑的、充满情韵的神秘小镇，然后坐在一行行文字的窗口，在溅满泪花的句子中，看形形色色的灯光和情感远去的背影。

如果能出现这样的阅读效果，也算不枉我撰写此文的苦心了。

冰峰，本名赵智。曾在人民文学杂志社等单位工作，现任作家网总编辑、北京微电影产业协会会长。作品散见于《人民文学》《人民日报》《诗刊》《词刊》《中国作家》《十月》《随笔》等报刊。杂文《嘴的种类与功能》入编《大学语文》(2008 年 3 月，北师大版)。2014 年，获美国世界文化艺术学院荣誉博士学位(在秘鲁颁发)。

自序

依着云的人们在这片土地

我喜欢在某个清晨踏步走进村子里的花草，我喜欢叫我们的温泉小镇为村子，那是最朴素的名字，可以让人永远保持纯真诚恳的性子。如心里惦念的人，只想为他寄去一片欢喜，只想永远保持那段青葱岁月里一个策马扬鞭的回眸。

我在村子的杨树林中行走时，总会闻到大气脱俗的清新，但在这没有爱情的小镇，我会自顾自地摘一束水池旁橙黄的菊花，接受它绚烂与无情的凋谢，没有忧伤，我明白，多么青春的脸也要面对岁月的烘烤。

我还会把它插在筑小枫慈的家中，陪它认真看宣纸上的墨迹，芫荽地里蹿出的喇叭花，书中脸红心跳的文字，倭瓜秧爬上木栅栏的优雅，和那条在日暮间 走不尽的土路。

我时常在想，我到底有多爱我的村子，走在田野间，竟会情不自禁地为它落泪，我时常想，却想不明白，要唱过多少婉转醇厚的京韵，错过多少动听优美的歌声，才可与最珍贵的流星相融，才可为我最爱的故乡，在虫鸣声声的倭瓜花开的藤架下，写一首叫作《清晨小镇》的诗。

我的故乡就是这样
阳光打在开满油菜花的那片土地时
蜜蜂舞出甜蜜的身姿

香喷喷的油菜花　随春风飘进我的家门
想起杨树上的那些眼睛
夏日长里　一整天
我都在望着那些眼睛
是它们指引小小的我
寻着牵牛花的方向开放
我看到蜘蛛结的网
趴在葫芦叶上的七星瓢虫
水牛慢悠悠在拉长的白线里思念着晚霞漫天
也是千百年来在这片土地上留下的特殊符号
就是这些可爱的景致
无限拉长了　我热爱的故乡里　那片慢悠悠的光阴
也正是这样淳朴的故乡
为生在这片土地的人们　重复积蓄着一生的食粮

目录

第一篇章

第二篇章

第三篇章

第四篇章

第五篇章

第六篇章

第七篇章

第八篇章

第一篇章

依着云的故乡

村庄的田埂上
有春深随手种下的文字
有飞鸟依着云
为大片油菜花痴情
还有　在小径
剩下一把野芦草的四月
无论在田野的眼睛里流淌多远
都不是闲云野鹤
是心灵耕种出风景
春雨收集到鸟鸣

它任由我长成一个天真的孩子
带上村庄的心事　羊群的温度
顺流而下　抒写出一个桃花源记的诗
爱它
故乡的心和天空连接成春霞
爱它
村口的大杨树　菜花田
一口豆豉香
依稀挂念到时空之上
听声声扎进骨血里的乡音

让人着迷　忧伤

忧伤生下乡愁

晚风存续落泪

披挂着村庄的灯火

杨树，披挂着村庄的路灯
听乡音一寸寸浓过夜色
数不清的树叶已为村庄准备好秋天

温泉园的鱼池
缠绕久远的爱恋
呼吸在秋叶的黄昏
吐出一朵向日葵
留下最后一颗在田间
刻好力量的记号

是谁在村子的月色中
行走　行走
默默地一字一句
把田野树木拥进余晖下的小镇
深蓝色的夜空

变成村庄克莱因蓝的暖衣

深深浅浅的光阴

我站在一片
望日莲旁的垄沟上
唱起霸王别姬
从日暮唱到日出
看它沿袭着该有的轨迹
分毫不差地面向太阳
我咀嚼一颗葵花籽的青涩
悠悠漫步成熟
仰望太空
开启无边的记忆

记起杨柳依依
本子里暗恋的男子
天边云游的人
是否和多年未见的情人招手

水渠清远　透亮长长
绿草顺随麦浪舞动
鸟儿把深深浅浅的情话
依依说尽

而我　只想无声地
温顺做梦

在尘世的光阴中
无言以对

放到田园里

在书里写上想说的话
不会有人翻到那些话
只有我
在台灯下翻看书中老照片
像个慈祥老人
凝睇五千年的象形文字一样
凝视照片里的你

书里的秘密被我下放到田园里
随风去追寻清脆的呼喊吧
夜幕中的晚香玉已沁满整个院子
那么多的夜晚
是它们在陪伴星星

我已习惯了在摇摇椅上重温旧梦
在晚昏的台灯下
念你念到走进夜的那边
而夜里想到的事
就让它在清晨来临之前
相守在夜里吧

惦念的人

如果有能照亮人心的事物
我相信是春天
花朵在温风里妩媚
小生物在用整个春分的柔美
尽情地爱怜
我闭起眼睛闻花草
一点飞花落入砚池
一缕细细的幽香　钻进泥土
像探究到一个重生的开始
让我脸红心跳　明目张胆
在田埂上偷偷听它们的情话
那样多的话　多像一首诗
在这片土地上
在某一个时刻
我愿意把嘱咐和叮咛的琐碎
落实给所有从土地冒出的事物

温润

今天
我骑上自行车
去看房西的油菜花
车筐里有我温热的
水壶和可爱的小熊
我路过草地旁的土路
闻到久违的泥土清新
草丛间　幻化出
蛐蛐弹奏的爱意
我停下车轮的节奏
驻足花香的游动
原来这些美好的事物
从未离开过我的心神

那就告诉我吧
一棵油菜花
为你躲避过多少风雨
垄沟的水渠又为你
滋润过多少干枯的枝叶
你想要多少雨露和月光的夜色
才可抵达我们彼此心的距离

亲爱的

可我从未忘记

我会用一个瓷的青花

点起一片橙黄的温润

书页里的珍存

我不知道那片土地里
有多少相爱的人在穿行
我在向日葵的土路上行走时

葵花高昂的头
促使我想极力望向远方
像快走过小半生的生命一样
让我渴望遇见爱情

可这求而不得的爱
当与我擦肩而过
像稀有的古物
从指尖划过　祭奠凄美

那求而不得的爱
让我窃喜无人可摘到的惊喜
我小心翼翼把它种进树梢

甩掉思想的枝丫　让树干得到要领
在我收集的树叶里　找到一种直觉
让灵感筑在某个八千里月色中
看到挥霍过的思念

树下的你

穿透

灯火阑珊处的你
是蜡梅冷热的幽香
是出海的孩子长大
想要做一回被宠溺的人
没有寒冷荆棘　不再犹豫害怕
只有风平浪静的日子
看向小窗外长成的银杏果

银杏果常想
哪怕我得到月光一分钟的眷顾
也不要错过比火焰还要热烈的奔驰
如果我不再迟钝
我愿放过所有
为孤独留下一瞬不敢对视的倒影
我想会的　会扎进海底
用幽光穿透微微发光的海星
照亮爱慕的游离

可这让人不知所措的深海
总让人怯场

以至于我常爬上小游艇
浮上岸边抓狂地问黑夜
以至于和漆黑的夜空

走到无数次黎明时仍要彷徨

我屏息　聆听余韵凝结
细微的一点光
如柳树的嫩芽
却让丰沛的力量　在子夜
错过多少
天地初分的大写意
一阵春雪落下
苏醒深睡在海底的花园
在一座小岛的海岸
落子相逢　久久对弈

一个人的遐想

再温柔些吧
一个人也要沏两种茶
把空气里的冷　移到小镇的上空
为余辉的火焰点燃黑夜的静默
在端起放下间
让慢热的性子
多一些柔软的念

如果还需等待
应留存茶一样的清幽
放出统一的天气
流水起承转合的波纹
有张开双臂的小鸟　飞移到冷空气的上空
冻住卵子　放心地胡思乱想
存储好一幅山水画的潋滟
像你一样　变成金黄色的叶子
飘落在我久长的窗前
爱
便真的存在了

窝在云朵里

屋子里有佛手的清味
窗外枝头上甜腻的柿子
炫耀它在雪花中的妩媚
炉火升腾的热气
提醒着一壶开水
吹响起它青春的高潮
而我在它们身边
偷窥着这样的良辰
蜷在沙发里像一只小猫
叼食着时间的棉花糖

忽然窗外的一只麻雀
跳进我窗内的视线，看了一眼
又悄无声息心满意足地飞走

猛一下子
击中我整个冬天
窝在肥肥的云朵里
一丝荡漾的冰花

去向

我的心有了一个
自我安顿的去向
静静地　不惊不扰
珍惜那么好的去向
我还要走多远到达
更远的去向
我还要爱多久走近
更近的去向
它像时空赐给我的一片流星
与老去的日子
到达一个峰顶
静看　飘舞蔽天

轻暖的光

一个特别的日子
秋天在温泉小镇的银杏树下行走
阳光打在秋天的脸上
轻轻暖暖
秋天和岁月也不承想
生出皱纹的眼角
还能性感地摇动起落叶

秋天饱满如炬的眼神
看向一棵树
如面对一幅乡村油画
我也朝向树的方向
把片片银杏叶　组成一朵花
只为等待早已准备多年的一朵银杏花

可秋天不知　我羞涩的脾气
穿不透投来极光的眸子
我逃离躲闪　假装看不到
可我恐惧　迫切又大胆地思想
这就是我要等的一片山林吗
哦　我的山林

我要抓住九尾狐的尾巴
不让它逃走

带上一丝仙气
越过小镇每条葱茏的土路
等到夕阳的余晖
把银杏花别在秋天久违的心角
那时　请秋天
收好青烟下晾干的衣带
用宽厚的肩膀
拥幼稚的心房

中学时代

下过雪的马路
冰冻得打滑
那年的冬天很冷
放学后的中学生
跑进回往自家村庄的临租汽车
我看到穿着一身黑衣的青葱少年
手中捧着红柿

汽车里传来任贤齐的《我是一只鱼》
同学们纷纷跟随旋律哼唱
而我静静地看他把一个诱人的
柿子　小心咬下一块皮
不急不躁慢慢地吸吮着甜柿子
直到剩下一层瘪下去的柿皮
我急速转头望向窗外的雪层
白茫茫一片比柿皮舒展
可如今
我怀念那一层有褶皱的温度

原野

我的心咬弯了月亮
剩下的半圆被我培育成天堂鸟
一起去天堂看花吧
钻进静动交错的海棠树下
把一生的时空落入又一年的绽放
花儿看我卸下马鞍肆意奔跑的速度
追不过念你的心神
那就让眼泪渗透进
柔情的胸怀吧
用一片原野释放开锁住的
一颗严实的心

你看蝴蝶和铃兰花的舞动
可以掀开荒峦的覆盖下弥漫的芬芳
精致出慢热的暂停
消散开云雾里幽暗的穴位时
在花园生出

袅袅的烟霭
云朵漫天
活泼的脚步

抹把鼻子微笑

湛蓝些吧
黎明的夜空
漆黑些吧
灯火里的面孔
稀缺的土地
奢侈的爱情
冬雨后的缠绵
温暖的炉火
簌簌驿动
让人抵御凉薄

天地清明
脚步移动
我要去向哪里
艺术馆的路上
红砖房子的家
流水声的小院
精美的小品或古玩
到了哪里
一棵正在绽放的丁香花

泥土香的村子

喧嚷的大集

人海的深处

村民走过的脚印

火热的炊烟

叫我痛不欲生

又热切期盼

多好啊

在世间里

活着或死去

在村景中

在太阳下

饮酒高歌

无息无声

万物芜杂

或纯净

或野趣

我在夜幕下的

丁香花中奔跑

回头抹把鼻子

微笑

多轻盈啊

和春天的一切

在一起

和你在一起

果实

柿子长满了秋天
梨子和苹果挂上了夜空
每个好果实里含着一颗饱满的籽
我和果籽嘻哈打滚
与红叶相视
与果肉相吸

想起一个午后

我曾默立思索着
走进一片果树林
看到最后一颗裂口的果子
挂在树梢上
为尘埃里皱起的眉头
结满了一堆笑意

生长

院子里的花自顾自地开放
从不管有没有人看
树上的青柿子说好了一同成熟
从不管以后被谁摘下
没有顾及
才会美乎乎地猛生长

很多年前

很多年前
我就为自卑哭泣过
泪水打湿过那片土地

长出忧伤的蒲公英

很多年前
我就仰望天空
高高的　像飞鸟一样
拥有翱翔的翅膀

却不知如何飞行

很多年前
脑袋里装下
不可思议的想法
为生鲜的绿意填充着精致的光阴

许多年前
我为梦想埋葬了心愿
无人知道无人核实

那片杨树下的绿荫
为谁乘凉

许多年前
我就看到
拂晓属于另一个世界
弥漫在黎明的夜晚
滴透进星河的怀思

你的声音

沿着这条路可走到森林的终点
这里有漂浮在水面的幽灵
声声回响扣住了
暂停沉醉的忧伤
我倾身摇动灵魂的归宿
纷纷碎落了追逐的征服
水波在静止中眨着双眸
是专一的大地
还是涟漪里的起伏

我的心灵就是这样
为天边长出一朵孤云的花苞
在你的双眸里编织花蕊
从你的心底寂寞出洋气的盛放
和煦的湖面就是这样

大地为湖水洒下一把光时

总要在春深处苏醒
与日夜的皮肤安眠

忽然难过起来

我去买花的那个深秋
养了三年的哈士奇跑了
寻了一周　没有惊喜

它好动
让我照顾得无忧无虑
搞破坏的本领
总是被我呵斥

它和我一样傻天真
不会遇到坏人吧
越想越害怕
我号啕大哭

那天是我太疏忽
没关好院门

数年后　我在城里的菜市场
竟然看到它
被一个穿着时尚的中年男子牵着悠闲地散步
我一眼认出它右腿上一撮白色的圈毛

比前几年胖了

它还是那样傻开心

我为它的好命傻开心

我没有上前询问那位男子

只是　只是　只是

忽然难过起来

跳进来我们一起游泳

选在我爱的细雨中
带回许多金鱼放进小池塘
颜色大小品种各不一
它们游啊游啊地开心
满足了我心愿里的自由
我懂它们的隐秘呼吸

像一面照不到池底的镜子

安慰着池边不可触及的宁静

莫要忧伤
多少月色是鱼儿填补了明亮
还有许多无眠被游离打碎了昏沉
我遇见鱼儿吐泡泡的黄昏时
一个激灵从摇摇椅起身
把刚读完的一封长长的信件
投进池塘里
它们看到信里的文字
跃了一个身　和我说：
跳进来，我们一起游泳

单一的清晨

清晨的玻璃窗浮着一层雾气
窗外的野草黄了一丛又一丛
引得梧桐树叶簌簌纷飞
厚厚大大地落下

让自然多长出一件旧日的衣
我推开窗户正巧一片梧桐叶落在窗台
接受寒气和热气的交换
好让心里的火苗不再烧成内伤
抓不住时间的我
在这个清晨醒来之前
又梦见那只小鹿
梦到小鹿仍在奔跑
不管不顾的样子让人心疼
这该死的梦见
而没有信息的清晨
日子又多了一层单薄

午后

想你的时候
常停留在暖暖的午后
阳光打在榕树叶上灵动出娇闪闪
想到还有多少旧日的故事值得我提起
习惯提起的还有一壶热茶
窗外的一丛芦草让日子练就柔韧
学着它的样子做着下腰动作
原来我也依然柔韧
收音机里传出缓慢的吉他声
旋律把我变成一只黑天鹅
我想是一只黑天鹅
可我不知　它何时
从时光的沼泽中挣脱出来
我看到它流下一滴泪
幻化成一只白天鹅
飞进深邃的湖泊
一丛芦草漂荡
茶凉了

喜鹊梅花的裙子

我用喜鹊梅花的老布
做了一条裙子
穿上它
唤醒沉睡的老枝丫
喜鹊就飞来了
我开心地为它旋转了一圈
它领会到　向我喳喳叫着
我告诉它
夜色浓稠时
我在梦里同行的人
晚风清凉
温一壶黄酒
窗前举杯
心里念念
喜鹊就飞到了我的肩上

一场晚熟的雨

九月的雨天飘摇在北方
你望着一串串空空的雨帘
一手握住思念一眼望着怀念
想触碰与雨滴的湿度

车外的人们匆匆忙忙
马路上一颗颗潮湿的心
在等待一场唤醒
你抚摸着柔顺的头发
重叠起恍如隔世的相寻

雨伞是　雨滴是　打在树叶上的雨声是
呀　你念的人呢
一起淋一场　晚熟的大雨吧

影子

你是你的影子
我是我的影子
水是天的影子
山是地的影子
我们的影子都不同
心却都很红
可影子里的光
是白是黑还是黄
什么影子都映得出

爱不卑微

繁花下　林花间　风云意
对春光的怦然心动

是世间无数双温柔的眼睛

是枝影与花影摇曳起窗前的月色
是猜不透它的心

有一天我老了
翻看到自己写的诗
一样是个小姑娘会脸红心跳
那有什么关系
既然我们在文字中相遇
就诚实地坚信
爱　从不卑微

一枝桃花

被时间牵着走
沉在昨日的嘀嗒声
无人听到
却被秒针拉到泉水的潭边
蓄满力量
洗去诟病的淤泥

你在青草桃林的山坡　双手合十
让精神温和
为菩萨折一枝桃花
一枝两枝八九枝

菩萨为你的祈愿而低眉

你说　想念是极力想触碰
却又要立刻收回手的胆怯
我说种上桃花吧
为心底留出一道未遮拦的脚本
栽在蓝砖的屋顶
开成一朵春花

一坛痴情

喝一口酒
消去思念的闷苦
删减心底的眷顾
灌一瓶酒也好
杀杀这痴爱的锐气
醒来
千军万马踏破铁蹄的按钮
又开疆辟土　卷土重来
你问我怎么办
我径直敲醒沉睡的土地

让等待在露草中透明

我跨步到后院的银杏树下

铲去千年的封印
刨一坛子老酒
只好
蹾在你痴情的心里

第二篇章

密密麻麻的心事

书房里　香笺旁
陪我小半天的一朵杏花
顽皮撒着欢闹

是一勺蜜
散漫在喉咙
咕咚一口　甜满窗外的风
窗外的风钻进小窗　窗帘飘动
我假装不动声色

却瞒不过立体的眉毛

和嘴角的微动
看似不动声色里
让寂寞变得真寂寞

在半透半落的春雨里
杏花下起密密麻麻的心事
而杏花不知
在很久很久以前
它就被扔在了这里

黄叶相依

我在故乡
瑟风凛冽的杨树林里行走时
转身看向村居一排排房子
像是遥远的记忆
我探测着与这个村庄的距离
扎地几百米之下　仍能听到我的
脚下踩着雪草地脆沙沙响

这打扰了我思考过的一层层缠住的面纱

应该怎样长出一座蓝色房子
两只喜鹊在冰封河道旁玩耍
黄叶没有被打扫
一片片和枯草相依
我看到
村口的杨树坚定着笔直的方向
而我
在等那片生硬土地　变得松软

就是这样

冷吗？冷
不冻一下
怎能感受
温柔了寒意里的一场雪
像一阵风
故意经过我的身边
和雪丝
重逢意外的红衣
白描出惊喜的飞白
来自何方的喃喃
让雪路开道的往事
笼罩根须的释怀

我捧一捧故乡的雪吹散羞愧
用冰凉的手握住谜底
又在寒冷的天尽头隐去
我们无须等待谁　等待是可恶的
就是这样
可以放心地发呆
号啕大哭的稳定
用一生俯听思绪下的土地

在万里相连的火焰下行走
呼啦啦染红了一腔晴朗

照在一些鸟鸣的热梦里
干干净净的雪坡上
以长长的翅膀扑在心底人的眼窝里

莹亮起被我遥望过无数次的那片田野
除了你　只有呼吸还醒着
而我在土地的指缝间
错过了多少活该的生命

讲给你听

当我老了
愿化作村口的那排大杨树
给那些天真的心更多浓荫
在那里
陪伴更多暮年之人发呆
陪伴孩童们荡秋千
陪伴小狗奔跑

这中间的时光
有喜鹊在这安家
麻雀常常来歇脚
小昆虫偶尔爬行经过
草尖上的露珠晶莹剔透
还有听不完的鸟鸣为时光伴奏

这中间的时光呀

夏天的大雨过后
云会停下来

奖励村庄一道彩虹

喜鹊与晚霞喝一口交杯酒

酒意浓浓的月色
好为杨树洗去尘埃
秋天午后阳光
均匀照着来这里漫步的人儿
杨树叶为到来的友人欢呼
我看到树干上那些数不清的大眼睛
记住了所有人一生的过往
而这些过往

在冬去春来的多年后
只想慢慢讲给你听
却不小心被我在火炉旁烤的橘子忆起
我在静默安然的暖味犹存中
想到　那就什么也不说吧
让大杨树去说
让它身边　所有的好朋友去说

寒冬

另一种寒夜，北风吹灭
吐绶蓝的硝烟
雪花躲进华北的背后
硝烟嗅着幽兰

劈柴干硬出秩序
枝头上的柿子，饱满进家的味道

家门对面的河流
折叠出一层层快四十年的平静
一树梅花清幽
一墙之隔的陌生

鱼累了
一头撞碎石头深处寒冰的篝火
撞碎石榴
从南到北，白鹤点缀大冷幽燕
回家的人，骑着胆战心惊
饥饿的人，纷纷让路

空旷

空旷的房间
我只开一个暖灯
关掉一切复杂
选择追忆的小提琴
陪我喝着，安抚疲惫的身板儿
听起来似乎是上个世纪的声音

“越脆弱越不能谈感情
越强大越可以谈感情”
原来我们在上个世纪就说到深夜寂寂
她回家
又剩下一盏昏黄暖灯
我想扔一个酒杯把灯击碎
灭掉所有的寂静

半仙儿

吃饭就是吃饭

睡觉就是睡觉

看书就是看书

天马行空就是天马行空

真正做到

起码就是半仙儿

一个人

1

一个人吗
热血苍凉　孤单吗，害怕吗，器物依稀
如废墟远影
那就背诵吧
“日出江花红胜火”“桃花潭水深千尺”“孤帆一片日边来”
“凤凰台上凤凰游”每一段一口气背诵三十遍
直背诵得胆气豪迈富丽堂皇
睡眠峰峦叠翠
梦中千里江山如画
一些衣带飘飘的人
在跨海长虹上收费问安

2

一个人吗
心力交瘁精疲力竭吗

那就依葫芦画瓢 / 照猫画虎飞速乱写颜真卿大字
还有礼器碑　曹全碑　石门颂吧

让这胜似针灸按摩的“长治久安”的韵味能量
清除打通骨骼血脉各处堵胀　瘀滞　凝滞
让自己天骨开张
心魂矗立　脉络畅达　神志宽博舒展

3

一个人吗
心神体内阴寒孤弱
听听梳理心脉《卧龙吟》的铮铮之音吧
听《对花枪》《樊梨花大破金光阵》
听听养神的花样繁多的中国民乐吧
听《故乡的原风景》《紫竹调》《扬鞭催马运粮忙》《花间梦事》
让这拥有爱的旋律
灵妙中释放出的阳气、元气、真气、正气，烘烤收回那些
飞散、不稳、流失、漂泊的魂魄
定住心神，调理阴阳，打通筋络，流转血脉
让自己的灵光重返一生的风和日丽
照耀楼台，汉家宫阙，前世风骨，今生妩媚

失而复得的笑容

当你开始理解我的时候
卑微的心发出自信
一丛丛绿草
飞游在天空
吉祥的云彩
找到一个失而复得的笑容
我想我需要一个约会
像你说的那样
说我傻孩子的那样
让千百年来未落地的一枝荷
沾一下土地的温热

让你的肩膀坚贞片刻吧
为我做一个半明半昧的梦

如梦

仰望
浅秋
蓝天上的你
如那朵洁白的云
看得见一身的阳刚

我曾期待的那个人
是你吗
是否会冒着十万火急的露珠来看我

愿这个回应
转身是故人
即使没有
我也要载满一车的文采
在春华秋实中　等你

昔日的苍老
如今的风华
清风　日艳
时光　野草

岁月　葱茏

尽管

这都如梦

遗忘在时光里

在喧嚣中
享受　一个自由的灵魂
内心的自知
把所有的嘈杂
炒出一道苦乐真味的菜肴

心
渐渐安顿
顽石的温润
是沉沉的暮霭
美花的荆棘
看得见芍药与红裙

一切可近可远
一切可重可轻
除去烦躁
还有菜田和水渠
透彻在生命里

待我白发苍苍
仍走在故乡的那条土路上

让风看乡间的风调雨顺
看我光着脚丫　灌溉油菜地
和喜鹊一起　唱起童年的歌谣

生命的河长长漫漫
望向远方的人行色匆匆
如果把我遗忘在时光里
请让一片慈心　慰风尘

千里江山如画

一个小女孩往家赶
从南海向北海一路上大雪纷飞
南海之南有玄奘
流沙中穿越楼兰与西凉
北海之北有苏武，贝加尔湖畔
放牧七零八落的小羊
出长安，向西南，是文成公主一行车架蒸腾烫热
向西北，是内心天高地远的王嫱
大漠孤烟，觱篥长鸣，箜篌回荡
昭君，昭君不惯胡沙远，一声声呼唤
洪荒于海市蜃楼深处的疆北

一路上　一次次冻僵，一次次苏醒
一次次苏醒，一次次冻僵
回家，回家　在昏迷不醒中回家
你想念的那个人醒了吗
请他为你写一首诗歌吧
去迎接刚刚升起　满面羞红的太阳
你浑身一个激灵
几乎被春风俘获
可你还是去花市买回来一捧迎春花

哦，从来没有想一想

一生已过去了这样多

一捧迎春花刚刚突然吵醒一个想念你的人

长夜，几秒钟那么长

滔滔不息的长夜

山顶百花怒放，妩媚呢喃

崖底苍松沉睡，磅礴隆重

一个小女孩，手牵着迎春花

看潮水斑斓　在梦中醒来

坐在田边时

我坐在村屯的田边时
一大杯茶也坐在田边
手里攥着一把杂草
为我分担心事
远方飞来的斑鸠大鸟
不紧不慢　停下翅膀
走在初夏的树荫里

啄食着空寂无声的投入

我想与整个夏天告别悲伤的汹涌

穿过茂密的干枯

为无言的心告别焚烧后的痛哭

记住吧
那一刻的复活
流的是怎样的泪
已不重要

杀出一道逍遥

俗世隐瞒着真相
不知被泥泞绊倒过多少次
在渐悟中了却一桩琐事
在一杯酒里幽居一个伤口
如果有回光返照
我要穿越楚河汉界
消灭莫测
杀出一道逍遥

那一年的夏天

我总为雨后微风是否柔媚而苦恼
我苦恼的事都和生活有关
听燕低斜细语时
还有狗尾草想它的露珠
穿行过月季花丛
一根刺
牵住了我的衣角
我转过头　不急
退一步躲开它的锋芒
再看在乎的人
经过雨天的房檐
燕子穿过
似曾相识的屋檐呀
过度地迷恋和排斥
倾斜在
意志里无缘无故的夏天
怎么在心里
悄悄就添砖加瓦　扎了根

绽放

山楂花不写诗歌
但它会躲过和玉兰争宠
多明智的选择
被生活狠狠地重击过
认清了现实的绽放

最深的纯洁不要倾诉
贪婪的念头不要提及

更多的爱
也抵不过世间的妖魔鬼怪
连同泥泞的闪电
把谜语
一脚踢开的清醒

生命的力量

经常一个人坐在那儿
四周寂静无声
所有的一切都以慢动作进行
曾经出现的人事
收尽余寒之前
一幕幕重新上映一遍

当初看不清的　如今有了放大镜
不明白的有了多种语言翻译机
一个旁观者看着一个入世者
在某一天　心跳里染上怜惜的神仙声
我想神仙会托梦于暮春
爱惜人间的真情
在生命的蓬勃长歌中
伸展着世间的清澈
然而被岁月重视的人
是否要在此刻
与今天拱手揖别

矜持地靠近

下一个节气来时
无须接受一朵花开的矜持
在迷离的市井中
去看坚韧的植物
传来风琴声
是退伍的老文艺兵
漫无边际地与秋风招手
拉给路边蝴蝶听的样子

他想用一生的经历　放飞年轻的心思
可叹息自己的身体
找不到云朵与桃花源的归路
是时候与风琴密弹一次了
弹尽这草木的温度
缠绕起竹篱笆开成锦簇的牵牛

一个老文艺兵
坚定与活到底的心思靠近

我爱的人

今天的大地
至少有一半是甜的
想到倾心的人
看到无猜的两小
来积雪的杨树下打滚

今天的月色
应是吃一瓣花的晴
听迟睡的老杨树说起
那些圆月下的相守
在林野间飞走

我瘦弱的背上
长出一双蓝灵翅膀
和喜鹊不期而遇
看村子里的路灯
一夜暖过一夜

我多么想
在雪地消融前

为春色那些思念里

才可成熟的语言

留下脚印

如何感谢庸俗

我写过多少文字早已不记得
只有眼球不断增长的高度数记得
还有被人夸赞，批评过的文字记得
在这些记得里
我只想做个庸俗的人
敢于表白
在火焰燃尽之前
和我喜欢的人好好谈谈情事

沏一壶我泡的老丛
用我用过的杯子
还要点一盏　点一盏通往人世间
庸俗的煤油灯
醉意浓时　相拥而泣
那就再庸俗些
我还敢撒娇地抱着喜欢的你：规划一棵植物的生长

可我懊恼　投身幸福的样子不真实
我被世俗捆绑成了三寸金莲　只有在文字中说爱
爱　除非我穿越一万光年

如果满怀热恋可以抵达庸俗

我愿意在我懂得太少的人生里　勇敢于敬仰

一条鱼

只能听到一条鱼儿游动的夜里
我又在想你
你可感受到
我的魂魄带上我的心径直飞到你身边
可你怎么会感受到

我想与你隔空对饮
用你的酒杯把我的心灌醉
而我要在你身上　关上窗外明月
为干净的胯骨披一件薄衫

可你怎么会知道

让丝丝晚风
不顾忌地重叠在你的胸膛
只有在念你时
我才敢任性霸道地吐露真言
可你怎么会听到

笨重

还有比暗恋更笨拙的吗
一点一点侵略　升飞
像杂草一样乱入
尽情无章地燃烧又满盘重生
还有比爱情更原始的吗
一颗石头的撞击就可生出火花
再也逃不开灵性的生发

想起那些让我羞愧的哲学

只能牺牲一匹马的速度

走进一本温和的词典
等佛罗伦蒂娜爬满整个窗棂
我会欣然推开窗
由它随意盗窃我所有的期待
明目张胆窃走不可及的思念

即使一个神情
就泄露了树立起的笨重思念

村庄

我又去了一个村庄
在黄昏前到达
老旧的土房上长满了草
残缺的家谱不知被谁扔在角落
它仍浮在墙外那一头
彷徨不知去往何处

另一头有高耸的棒子栈
挡住了它曾经的辉煌
旁边的大鹅鸡狗都是守护它的主人
它们忠实诚恳
晚上会有月亮在村口为它站岗

可它仍要哀叹
被禁锢的一生
我只想为它选一个吉时
放出它的灵魂自由
投生到一个好人家
谁也不知道
谁也别想知道

瘦

内心的向往
让她越来越瘦了
她感谢时光　带来的

锁骨轻盈　腰身纤细
流动着底气的舒展

我常想揪住她取经
那么美的腰身是否也被路灯
照亮过空杯的心而徘徊　可一次也没有
也许是瘦的源泉把多余的时间流成了温热
可温热不知那些减少的绝望呀
她会记得　那些绝望的

树叶有自己的特性
每一条叶脉是更深处的延续
她仍想甩掉思想的重压
遇见冒出化学反应的酸甜
拥着更有意义的使命
要用加法积蓄生命
收集所需

经验　情感

她说

土地是她的爱人

槐花的河流

晚风来时　槐花落了一地
想起那条长满了苔藓的小径
黄昏从石阶伸到河边
我穿着美丽的裙衣和槐树细细低语
如橘子罐头一般的情谊
那一天远处升起青烟
我又想起绿色的歌谣
燕子随歌声纷纷拨开小雨飞来
我们为夕暮里的花朵舞蹈
捧起一朵清白花瓣的静寂
却枕着忧伤的思绪入眠

幽韵的槐树
又落了我一身的槐花雨
我想即使世界持续黑暗
染上了槐花香　是否浪漫如诗人
不会惧怕一个人走着
不管是走向星途　还是飞向河流

何方

你说心念是轻飘飘的
我说念力和酒在一起才会至死不渝
可还没品出它的味道
已毫无防备地钻进一棵树的年轮

你说带上一本书的调皮来见我
你说冬天过得慢　可以抵御想念
我透过你看不懂的眼神
想一猛子扎进你心里瞧个究竟

你喝下一口茶时
专注地看着我屏住呼吸的透明
我侧转身极力掩饰不能言语的笨拙
慢热的性子　忧伤的怜惜

一本书能抵达何方
寒冷是否抵达进爱情
一棵被锯倒的树落入地面
发出沉重的响声

可你不会明白
那件墨色衣衫是为见你而穿起

历久失修的爱情

恋爱是天赋
比艺术更具备天赋
皇帝去青楼也要经过筛选
那是最高境界的恋爱
胜过庸俗的谈情说爱

我拨开千年尘沙
在历久失修的爱情里
偷偷翻看爱的男子
看着他有心无力久违的爱意
沉淀了太久的呼唤
忽然觉得可惜
可我还记得那块红印
那块日夜不得忘的红印

转身是沉重的呼吸
我宁愿闭上双眼
也不要再看到曾经的心怡
一滴泪落下久久不会风干
你可知
我早已爱过千年的你

时间的成全

天气真的冷了
我点燃一炉炭火
用乡音和笼子里的百灵对语
龙须树伸展着它长长的腰身
我踩在它们梦呓的肩上，用心、眼漫步

窗棂里闪透着绸缎一样的光芒
把我沐浴在跳动的光影中
为百灵煲汤
与叶片醉饮

喝多了　真的喝到面红语喃喃

它们悄悄告诉我
隔院邻居
又在研究修复兵马俑
我说：那是交给了残缺的成全

又一杯酒下肚

我突然听到盔甲踏弯空气的声音

一切的存在

我在铺满粉花色的床单上写着日记
探索困住的街道
一直牵肠挂肚的伪装
不知怎样在被氧化的器物里找到落地的亲近
我想用一把三十多年的尺子
量出脉搏的长短
抓住病因的一眼跳动
却总要挑剔时间的口是心非
让笔尖在纸页里革命一场叛离的寻索

冰凉的指尖翻阅墙角的日记
页页留下历史的盾牌
我说不出口的子夜
你从日记中跳出来
为我疼痛的肩膀敲打
敲打成生命的镇静剂
短暂的塑造　冲破风控
繁星追赶　鸟羽照人
铺盖的花　变成迟到的晚云

抵达轻盈

清晨的雾气升腾
冲破了气味的眼
迷离被厌倦　加重了它的汹涌

在国际的戏台　穿梭华逆
性急的小伙子让情绪四处蔓延
只为穿越到牡丹花下亭雨外
可眼下军火炮轰　顶点狂欢下的撕咬
是否为花下死的躯体而续命
信仰背叛荒芜　度过他危机的二十八岁
加速了血流的速度　蚕食着死去的空旷
这继续的白　让人受不了太多喘不过气来的宣誓
冲动的念白　何时拿起一杆枪

从眼前划过子弹
飞过心的距离　抵达轻盈

第三篇章

垂下芬芳

如果你从遥远的年代赶来
请带上秋天的诗和开满芙蓉的阳光
我只为
在你的瞳孔里探究到一个古国
在那里
我是一个飘浮在空中的透明体
无人会发现我的存在
只有你未掩饰我一树的呼吸
让透明复活在田园

我在这里待了这样久
卑微还是照不亮屋檐下的孤独

我不担心与你告别

告别是不被剥夺尊严的遗忘
脚步走到一个没有痕迹的悬崖
旁边的树木有些哀伤　我知道哀伤的怀抱里是火焰

用面目掩饰慌乱跳动的神经　可我不想这样
一朵开在深夜的芙蓉
驮着所有的阳光垂下芬芳

多远的路

我走了多远的路
仍没遇见你
我等了多久的人
一样的还是错过
我不再忧伤地哭泣
哭泣窃走了我太多
美好的清晨和黄昏
我想还要走更远的路
与惭愧和疲惫告别
与没有结尾的故事相逢
去探究蛙鸣映照
去看深山入云的菩萨
去叩拜
去苏醒遇见
一只咖啡杯里的勺子
叮当碰撞见的丰收节

淡然

你说认识我后做了许多
不可思议的突破
可我还是不知道
怎样做好一顿饭的轻松
我想要邪恶不近人情一些
和锁着的门一样
盗窃不开它的心钮
当我看到灯火吹灭又点燃的惊喜
我把脑壳里的所有念头打回了仓库
这个季节　我应该看蝴蝶飞舞
却常在园中那把老藤椅上无端擦眼泪
我承认是为心里的善良落泪
可这又能怎样
我一年一年地老下去
以后这样的事情
也许永远不会发生在我身上

胡桃里的家

北湖的对面有湖水
夜月灯火撩恋着
胡桃里的嗨唱
一支乐队醉醒过
迷失魂魄的归人
一箪食味一杯红酒
随艺术
流动出水波般的放肆
我记得那长睫毛的婀娜侍女
打动过我的心
我还记得一口咖啡
喝进胃里的苦烫
猛然烫热湖色中的一块绣片
被我捡拾起一份绿意
一份恰到好处的圆圆绿意
可我忘记了是否以流水的姿态
看过湖边的野鸭
它们是否见过
在这里听过却未曾谋面的人
我停伫在一黄一红的枫树下
生出一缕烟

黄昏时辗转自由

抱一把吉他的男子唱起他的女友

再看看小镇的湖边

再看看摇滚的尘世

回音

生命中有过的失落抚摸过渐长的背影
馥郁清身的气息
仍盘旋在三界之外的上空
如果舍不得就少言一句离殇
可忍不住想到生死真意
内心就泛起一阵忧伤
能怎么办
一眼万年的刻骨
只想在瞬间老去

翻开手机看过
能否换来一句消失的回音
可听不到时间快速流到终点的寂然
违心说着一个世纪的告别
又在快速拥有和消失中期待怒放
又一次我的目光扎进你明澈的眼睛
臆想到远方落脚的那片红叶

起飞的地方

你可知有个地方
杨树和喜鹊是天生一对
你可知有个地方
野草和油菜丛生
可你不知油菜花有多么清香
野草又有何等坚韧
麻雀的歌喉从不沉默
杨树的落叶从来温柔
那儿的土地和天空
从来都是另类的颜色
那是我居住的地方
是轻盈的翅膀
随时起飞的地方

相思比梦长

斟满一盅酒
自从爱上它
我总在某个无事的午后或月亮升起时
踊跃地相伴于它

酒是不会死去的情人
即使半夜醒来时
你想喝　它随时在
如睡在枕边的风
随它荡漾出晕乎朦胧的颓丧

院子里的门灯下
半瓶酒
点缀起蒙昧的夜空
我坐在摇摇椅上
丰盛的树叶掠过枝干　沙沙地相视

炉火烘热幽寂的家乡
我的梦在乡间化为翅膀
超过相思比梦长的飞离
在黑夜发出萤火虫的飞离
远远地飞离

搀扶老去的身影

春天的寂寞
是花还未绽放的孤独
它浅浅地停于水心　把时间还原
我在水面快要沉沉睡去时
听到
时间在情意中让我们相遇
我不敢走远
在水中央等你重复到朝夕
你只管走远
把地球走遍
才可在晚霞中与我私定终身

我看日落的方向
看你清澈的神态是一颗糖
健步的身姿是一匹野马
你的力量
融化叫醒了沉睡多年的花瓣
只允许你的眼神
把晚霞的余晖流淌在祁连山脉
宁静地溢向这片土地

我应该决定一件事

让泥土发芽

庄稼收割

夏天的夜晚多一些飘零的星光

还有一片星光

照耀我们

注定搀扶老去的身影

并非等闲

五月的朝露
洒上热气有了甜蜜
九月的晚霞
日子在飘落中生出黄叶
我郁积在心头的火焰
散布在村子的
土地里生出根须
我时常怀疑
是否爱过这里
可又有无数个念头
窃窃私语着幸福的脚步
月亮升起来时
一颗孤星在半壁天空
与恬静融合
你听
村边的虫鸣声
它知道我的爱
并非等闲

你

你是值得我
穿过幽暗的森林
尽管这种种
让我感到孤独的存在
依然让贴近的心
移不动一丝钟情
云翳下的蓝是注视你时
掩饰不住的羞涩
冥想的晨光照在椅子上
涌出一个你
在生命的荒原
冻结了残破
化开美妙的染料

侠客

你是晚霞中走来的侠客
抚慰着平庸土地的至暗沟壑
一刀一剑杀出　胸襟开阔
在那个瞬间　你对着疲倦沉思
与忧郁为伍
竟由心荡出一丝皎洁
你的侠义　扑打着一身的尘埃
看云朵舒卷　船儿抵岸
奔进爱
奔进满身的桔梗田
这贸然的魄力
在远处响起召唤
被安慰救醒了一颗
快要沉睡死去的心

平凡

一双冰凉的手脚在零下十摄氏度
自以为是地撑起菜市场的斤两
走过那些柴米油盐茶的平凡
我已把所有慈祥打包进菜品的种类
终于可以像艺术家一样
嘲笑过去的不堪
还要像艺术家一样
把新鲜的艺术生命
归结于柴米油盐中的方寸情调
没有什么不可以
尽管走进艺术的生活区

此刻

情不自禁又走到了这里
从柏油路
走向轻盈的土路
一群麻雀悠闲地飞过草丛
留下一丛草尖，微动着弥合
一年中
只在这个季节
只在此刻
让人忘掉所有顾虑
把自己放倒　沉睡在寂静的田野里

一个人坐在垄沟边
眼角是清凉的

听麻雀欢唱
很多很多
不停不停
像蜀地历尽千年镀金
依旧在历史中迷离
有些重生的，消失腐化的
让我的思绪停下脚步
心随雁过留声
为各自的命运祈宁

药

爱神与高傲的心牵扯在一起
造物弄人吗
两颗心注定
默契得死去活来而不动声色
皮肤为无辜的命运跳动
而不贪婪强霸的遁迹
让记忆抚慰胜过千言

胸膛热过火焰
远走他乡的人
早已烧出一窑天青色的云彩
尽管我怀疑云彩的颜色

还是相信
透过燃到天际的速度
是真实的

入了肺经的药
不吃也早已痊愈

躲过命运耳光的人

未曾躲过命运耳光的人

生命中不会有　坚强　逆境　重生
这个秋月
让我想到了坦白的丑陋
隔绝住虚伪的美丽
你可曾看到
无视于这片土地的
那些年轻人所坚守的信仰
可当他们在沉默中
等待深秋的一滴露珠时
足以打动我眼睛里的泪珠
让我不承想
只有一棵孤独的树
看到了黑暗中的复杂
花朵里开满的谨慎
蔓延在叫九月的地方
他们想停伫于这片土地
离露珠更近
让生命中交付于他们的真经
与秋声和无奈交替

没关系

时间会让每个人显现出原形

没关系

留住那声叹息吧

像喝水一般饮进肚里

痛饮再痛饮

让此刻闪烁在光阴里

也长在干净的灵魂里

知道你没有说出的一切

你幸福地等来这一天已经很久
去见独一无二的人
像贴身的衣裳那样贴心爱着
细胞就活跃起来
如果你微笑
他一定会知道你没有说出的一切

这一天的路程变换着四季
你智者一样涂画出最巅峰的颜色
为了一个拥抱　可以用尽所有力气
在落地的山峰中
你却不知道做出什么了
真是奇迹般的存在

我的童年

我的童年
在一棵枣树又一棵枣树下长大
一种从心散发出的甜
笼罩在旧的光阴里
慢慢静静生长
一天天长进笑脸　滑进肠胃
却从不知一生的久远

在这之后
房门上锁了许多年
有枣树照应着院子不会孤零零
我没有看到它们的未来
却看到它们留给我的未来
遗忘的回忆印记与我隔了数光年
一眨眼
被珍贵的时间
封存起件件旧事
湮没在瓦砾之下

老人偶尔提及
小孩子们早已忘记

这样子长大了才好玩

放羊回家的人
用皮鞭护着羊群
驾驶　电动车自行车小汽车
奔家走的人
满怀期许和忧伤
是炊烟袅袅的味道吗
像小时候玩疯了
不情愿迎着夕阳回家的小屁孩
但总有一个想变成哆啦A梦的美愿
来不及等待
一回头就变成了大人
还是想做一个小叮当
口袋里有数不清的宝贝
尽情放飞梦想
这样子长大了才好玩

一样的

她每次到达故乡的土地
热烈纯粹又冰冷陌生
推开故乡的木门
是远远的遥望

一草一木在她心里扎根
记忆的灵魂
在寻一道梦的脉门
随意放松有爱的门
如爱艺术一样
悄无声息地深爱这片故土
完成生命的尊重
和近在咫尺的心疼
她想
如果我也知道你一样爱我该多好

秘密的度化

在诗里　你是我的眼
像古器里一弯蓝色蝶纹
铺起了云山
你明媚的面貌
让我看到树顶上耀眼的钻石
俘获着过滤的时刻
你吞下维生素片时
透露了心底的所有秘密

失眠的人很多
思念的人很多
我习惯隔着夜窗
望向月亮的孤独

打了一个喷嚏
哄着自己
无奈的人才会哄自己
定有人在思念我的思念
还是又想起你

多么贪恋你目视中的宠爱

眼睛笑弯了伪装

嘴角填满了呵护

还有比这更不好拿捏得当的吗

我问见过天地的雄鹰

它说

真是一场从春到冬完整的度化

轻如鸿毛的往事

太多太多的花开
出乎我在黎明之前
过于瑰丽的意料
像层层叠叠的饱满呢喃
弥漫散去的黄昏

让我想回到古老的生活
选一个近在咫尺的黄昏
在夜色还没有降临之前
我要悄然隐身
看春深处熟睡的人
为他们
认真地创造和歌唱
粗糙地反醒和叛逆

令我忆起一个
还算可以的黎明
一片没有丝毫
破绽的朝霞
树下　土路边
十万火急的露水

闪耀着越来越滚烫的秘密
丁香花　海棠花
偶尔沉默在
炉火通红夜空冷却的月色
在这个不为人知的春深处
谁又悄悄躲在花下
想起一些轻如鸿毛的往事

牵过的红线

月老牵过的红线
是否累过他的心
一根延迟顿感的神经
是否想要一颗关怀备至的心
历经沧桑还能单纯爱上一个人
已是上天的赐福
我只想欠着你些什么
在一壶水的沸腾里
肆无忌惮地想起你
看我时眼里滚烫的秘密
那个近在咫尺的黄昏
就变得深刻
也将是你
伏案写下
那些轻如鸿毛的过往的证实

在某个夜色悄悄落脚

你是我额外眷顾的星辰
从烟火中走出精神的洁癖
走进一个莫名其妙的喜欢
你走进银河为我摘下一碗星星
我收集一筐又一筐肆无忌惮的爱
可那些不被人看到的寒凉和孤独
应该在哪里悄悄落脚

我想和它持久走到终老
即使在寒冬
我也要为你整理好衣襟
听你说起心里的话
如果我再也感受不到你的爱意时
我会认为是盗版的虚情假意

就要起舞的春天

这个老不死的春季
我为土地割去杂草翻种花草
只想让遗憾长成树上的新芽
任沉默肆意伸展

春风拥有一枝桃花
被我念起　放我在心上的人
我剪掉月季的枝丫
把焦痛稳稳地种进池塘

我从不知爱的证据
只有一颗不朽的心
在这阴沉的天空里
睡一个慵懒的午觉

梦进田里的饥饿
栽一棵只在春天里
永不睡去的树
为来不及道别的人
盼一片花开

走过故乡的路

我想和我的梦
在绸缎的雨丝中
默不作声地
走过故乡的那片田
生发出灵性的面颊
旧气中欢喜着芬芳
收买下贫瘠
要平复纯粹的矛盾刺痛
在一个转身间
去晒干那些野菜丝　红薯干

我会与村庄的蝉鸣
不露声色地读出
五十年后的散文诗
到那时我不会羞怯　害怕
让那些刺眼和灼热
变成泥土尽情流溢出一片花丛
我晓得
在诗歌中的人永不会老去

大尺度的光阴唰唰飞过

多快啊

大尺度的光阴唰唰飞过

一眨眼就有了皱纹

一眨眼又一棵青竹冒出新芽

一眨眼那痛不欲生的苦难就成了经历

一眨眼的苍老　生长　恐惧　耐力　心血　犹豫　软弱　怜惜

变为生命中侥幸熬过去的傻丫头

猛然羞涩起

惶恐难挨

仙子

在你面前
是心如止水的燃烧
你清澈的眼神
霎时间杀伤我脆弱的伤痛
我的退缩与羞涩
闻到千年前一棵幽兰的忧郁
我想你应把它种进书房的
高脚四方青釉面的紫砂盆中
无人会知
你救了一丛早已成了仙的幽兰

等待

我将怎样摘下所有松果
看你温香寂然反射出的暖意
静悄悄化解掉心中的痛
你的那幅油画
让我的修辞找不到痕迹

在那棵老槐树下
我只想饮下杯酒
让一些空蒙迷离的话
不受干扰
说得亲切入心

秘密的眷顾

在那个花瓶里
是有一个秘密的
我把那个秘密放进过绣袋
还把它扔向过云朵里
那里没有尘埃
随它愿意飘飞到何处
像几百年前没有来过红墙碧瓦一样
想去哪里就去哪里
不被念起
也要悠然回家

夜深沉

我听起夜深沉的曲牌
就会想到一个人
一个我喜欢的人
我却总是损得他语无伦次
即使说出一句
也是笑掉大牙的话
讨厌隔着遥远的不真实
太在乎吗
可我对喜爱这件事
认真到如绣桃花
在空气里　我绣出《富春山居图》里的桃枝
开凿拉长了崭新的时空
又想在重叠的日子里
发一箭　差点销毁掉
豁出去的勇敢

第四篇章

另一个世界

我从大风中走出家门
没有一盏灯火指路
我移动的脚步
足够惊醒勇气

刹那的无声
是扔掉多虑的时间表格上
最好的时辰

远在秋天的午后

我就开始筹划一场定义
哪怕还没到来
哪怕飞碟把我带入另一个星球
哪怕在灰飞烟灭的一百年后
我一样会诉说起走进心上的人
因为
在我行走的这片土地
每一处
都是五点钟的一朵蓝莲花

村子的上空

我飞行在村子的上空
看油菜花铺成的地毯
大地为荒凉的光阴
编织出一个满怀盎然

还记得你常说起的人吗
她就在地毯上起舞
那些曾凝视过的荒诞
早已与她格格不入

再多的波澜
都会在花瓣吹落前
抒写在微风中
为悠悠远行的序言
叹息

不管不顾

我不希望鸟儿飞到白云之上
毕竟它把天空的一层神秘
交给了翅膀
即使躺在棉花里轻松地做个美梦
我也要坐在村子的石头上

聆听一声拔节的麦田
俯瞰我走了无数遍的那条小路
如果一只麻雀　在自己的翅膀上明白了一切
是极好的
尽管让它　摇曳平衡
在远近之间
看迷途过的航线
蔑视土地里
所有的美丑

纤细的夜晚

这个纤细的夜晚
我又在认真地想念
想到冬天老了
老眼昏花也能看到神秘清净
谈一谈多个暮年
准备为世间的俗事　殉情
他幸亏德配位
允许让美折损在稍纵即逝的夜晚

我说着村子里的土方言
听他说那个被男人欺骗的女子
让一个不可言说的梦醒来
迈过旧日
预言春风将至
让一天的春日长成一个朝代

那些三妻四妾的君王
开遍春花
是否更爱高歌
那些三头六臂的君王
饮遍美酒
是否惊回转身
敢闻一枝蜡梅清幽

翻进田野

爱上了是饥饿的
身体和灵魂全部饥饿
可没了饥饿
我又不知爱的证据

风卷起尘沙
早已迷不住你的眼
贫瘠让我看到
眼睛融不进尘沙

在这阴沉的天空里
我想睡一个慵懒的午觉
然后带上压迫下的光
翻进田里
在春天
栽一棵结果的树

告别

我要与那些哀伤一一告别

在天空中爆碎消失

只留下鲜食　美酒

和一棵老树的根须

我只温柔在暖风中

为光阴拾尽残骸

为羞涩的月光

斟满杯酒

我还要看到一束如炬的眼神

寻到静默多年的旧乡

满含眷恋投进大地

让剧烈的心跳融进星空

藏身在月色的惆怅中

煮透过的忧伤

那一年
太多结结巴巴的日子
在愁绪中纷飞伤神
眼前火光涌起
身后统统被孤独吞噬
那一年我常在泪水中睡去
梦到一只小鸟
在春山新雨后　寄来书信
那一天我喝掉永定河的水
伫立在那棵老柳树下
万箭穿心地呼啸
把那些傻乎乎的语言
全部摔倒深埋
也曾挂在枝头晾晒
而这一年　我看清了太多
风干后的温柔
在流溢出酿成清酒的花香中
向梦之外的浓荫和岁月
轻轻走进初夏时
我只想和他们说说　曾经被我
煮透过的那些忧伤

情丝

又走在田间的那条土路
田里的声音是好听的
植物会朗诵
空气里还有天真的麦香味
都愿意和我说说田里的事

我随手捡起一根树枝
在土地上写着字
只有天地知道我写的是什么
我愿意这样

慢慢解开闪烁的得失
仅在这里表达自己
我想　我会
安静地把这片田间的土路
暗恋到死去

世事漫随流水

梨花又开
覆盖了故土的疼痛
我在房后粗朴的梨树桩地
看到岁月的斑痕
它在饱含有限的幽暗
与无限的明媚之外
故乡成为它的全部
让生活中的面目全非
早已长成生机
变为源泉流淌出花开

我脚步轻轻
站在百年老树桩身旁
就够到了夕阳的晚霞
可要经历多少忧伤
才能敞开孤独的出口
找回涵养的逍遥

听　晨露中丰盈的鸟鸣
如雪的花瓣
得体的浪漫

堪怜得有限

四月的路边

折一枝梨花

我们在树下仰望时

记得　不要误解真情的人

身处其境

冬至那天
我循着踪迹
在大雪中摘下一颗红辣椒
如救下一个无助的好女子

欣慰得像得到一个关怀
满意地生了炉火　热起房屋

那些流浪的麻雀
从不看冷冷的阳光
只会妒忌着我的偏爱
它们看了一眼　啄食着窗前的米
叽叽喳喳
便飞进了云霄

不生遗憾

我和一杯咖啡相视
看到
一棵松树仰天长啸起
曾对一个女人狭窄的假意

背道而驰

说相反的话时
我与时间背道而驰
烽火没收了白云
内心形成灰色
可也不愿在时光的峭壁上攀岩
山顶的风云扑打着时间的虚线
我宁愿它自己变为好颜色

因为我看到
眉山下的深渊
是无休止的轮回

色静烟波里

春天来时
我躲在田野里藏身
从那条砖道
走到这条土路
我看到枝头的新芽
婉约地伸展
我不再胆小
悄悄把羞涩
湮没在春光里

春光唤醒烟波中
散漫的人
也一次次唤醒我
将要死去的心
万物没收了萧条
土路弯曲　平坦
是瓦片下的细雨
是土地爷
寂静无声的馈赠

寄来

眼泪在仇恨中
吵醒长夜
遥远的边境
吹进凉风
无人注意门口的紫气
将在哪里静止
我只想在密不透风的黑夜里
把稀薄愚昧的心脏敲打一遍
在大雾弥漫时
化为意志的灰烬

青翠欲滴的时间里
是杀人不眨眼的春天
不说别离
莫道人书俱老
只想在短暂的晚霞中
一天天尝遍凋零和重逢
再用一刹那　消失

伤神的季节

回到村子
我沏上一杯决明子
走到这个年龄
晚饭也喜吃些清淡的汤菜
没有什么值得欢愉的事情
但我看到每一颗菜种
都是一个独立的英雄
它们抽出的枝芽
属于这个村子
然而村子却不属于我

不曾有的耐听

写了一夜的手稿，清晨我还在熟睡
突然在梦里听到有人叩门
是退休后刚搬来不久的邻居
她常来
看我院子里的花草鸟鱼
见她端着一瓶刚做好的炸酱送来
夸说着和田埂上冒出的鲜苋菜一样地美味
我还在枕着黎明的风听她怜悯我的神色
我剪下园中一朵花送给她
她让我枕起黎明的手臂
告诉我
丫头比花更让人心疼
我打了一个激灵
哦，一个打扰了美梦的暖话

别离悠远

静止在一片白蜡树林时
像一首大提琴曲
突然往心里钻
它们在我身体里
有如烈酒一样的情绪
我需要这样　激怒我的细胞
好过　不再用失眠折磨长夜

记起　我穿透那片白蜡树林时
却看不到蓝天的边际
你说你看透了一切的颜色
目不转睛　注视我的眉间
我懵懂地喝下一口烫茶
用每一颗细胞融化了血液
把陨石一样的心房　埋葬

无声的呐喊

清新的早春　麻雀为行人引路
远处的树冠泛起蒙蒙绿意
与春天隔着一段距离的人们
把一车垃圾倒在了草丛树冠下
草儿大骂
压倒了它们绿意的憨厚
一只喜鹊飞过
天真地想挥去世间的残破
土地已没有精力公平
草木争取着无能为力的自尊
乌云再怎样翻滚
也骂不过一堆垃圾的掠夺

饮酒游歌

我还未老
最起码在盛开的花丛中
敢站在它们面前发呆
此时多好啊
无人打扰我
在春天里悄悄地轻唱
度过去　多少不堪

我把一封信件
狠心地扔进深渊
不再回头看
永不见天日的无声
早已把它们烧成灰烬
我在田野里哭泣过
认为过不去的疼痛才足够蠢笨
像收割机一样先经历颠沛流离

没有一点力气了
就躺在干净的田野里和白云游荡
天上的风筝和星星点点的野花
早已看到我的渺小

我却认出了那些改变的从前

还用等什么

拿出一瓶青梅酒

在充满天边的日落时

和田野里的牛羊

醉逝在浩瀚的笑里

倔强的绿

天地尽头
有润潮的汹涌
双脚和泥土在最近的边缘
旋转回星空
我看到书里的小草
萌发出倔强
每次都是我一个人
和春天的悸动　捉迷藏
草尖闪动出露水的淋漓
我藏起一片绿意
在生离死别中
重生　消失
又在生离死别中
毁灭　苏醒
然而我缓缓勾勒出你暮年的
颜色
是需要流淌在大地上的眼泪
成全

获得

涂一支口红
掩盖惨白的唇色
层层叠叠的红
辐射着温馨的拥有

看那些假意的陪伴
才会透出　最透明的肌肤
妖艳的热烈
像在人间做了一场卧底

你穿上奢华睡衣时
再次回到惊涛的史前
我躲闪开
在风吹起一片黄花的麦田里
看到一位
在田间灌溉的清明少年

归来

提前一个脚步到达春天吧
记住这一时刻
此刻就是此刻
无人抢走
我要在这急切的横流中
看那些数不清的少男少女
在春天的花丛中恋爱起舞
并蜂拥而至地老去
而我　只想认真抚摸你的脸庞
还要贪婪奢侈地和你看
山上落下的夕阳
我们两手空空地翻山越岭
在山的那头　又见炊烟
一层层时光之下
不断延伸
来去自如

即使秋霞飘过田埂

风飘过田埂
花也从不偷懒地盛开
一只鸟在柔韧的枝头跳动
又盘旋飞走
有人在暮晚十分的温泉园奔跑
和渐渐沉底的落日
积蓄着一个土堆的能量

我知道这些清淡的素描
足以划过寒冬的陈述
当大朵的花瓣热烈得像久别的恋人时
家居点缀起的浴缸才生出馨香
它会被我珍视
即使果实比它更有魅力
即使秋霞飘过田埂

好玩的事物那样多

好玩的事物那样多
让我总是健忘
不忘的
是每天在窗前
给鸟儿投食
我怕它们苦等
尤其那只喜鹊
总按时到来
所以在入梦前
要做的日常

还要抱着我的
不倒翁娃娃睡觉
和窗外的火烧云一起
看傍晚的天空
把白云染成
缥黄的天色
让我想和
不倒翁娃娃一样可爱
我呀，真是个长不大的孩子

吞掉心跳

这个黄昏
你带着满溢温柔
向我奔赴而来
你带着嶙峋爱憎
把我陷入困境的清寒
你还能带给我什么
都统统让孤独吞噬吧
我不再控制想念
伟大的孤独
足够吞掉心跳的回音

我躲在火焰深处
允许自己想什么都可以
这是从未有过的惊喜
透过火光
我看到一瓶酒
在玻璃杯中晃动
美好得
让我看到了爱情的样子

小镇里的重复

小时候　我喜欢在火车道旁行走
捡起一颗石子　扔向未知的远方
勇敢的人则在铁轨上行走
那时　铁轨对于我来说是不敢触及的吸引
三十岁后
我的体内才长出与故土亲近的基因
为脱胎换骨这件旧事　坚韧了十几年的倔强
是命运给了一个人与岁月韧劲的心胸
让我看到小镇的一切　重复着它的意义
以至于小镇里的人　使出各种灵丹妙药
让每天重复到不可思议

而我是这里的另类　只肯重复着一个贫瘠的梦
在人们都睡着时　我蹬着我的书架梯子
追赶天空的云　为身心开出无限温馨的花
我不断咀嚼着通往云朵的春归
可没有一个人敢打开　带我飞入梦中翩翩起舞的通道
这是我难过又长远的念头
可它们在我的云梯里
矛盾又统一得那样好

我记得

我曾走过一片又一片的孤独
也曾忍受再忍受达不到边的苦痛
在时空的长廊间怅然
却学会了变换完整又破碎的表情
也只有我清醒
那些世间的沉沦假象
有多磨人
每到这时
不断冷却的旧日
常让我念起那段文字
念起蒲公英遮住的眼睛
念起那些笑容
比我更接近从前的笑容

北方的乡野

黑夜中凝结成的黄昏
于花间重生又死去
早年校对过的书籍
默默生火　留下足印
即使那里有金桂油香

你还是怀疑黄昏的凝聚
是否被花深爱
你踱步探索
彷徨又清醒
花朵们长情
曾在夜烁烁的大唐
为每一页的枝芽
悄然积蓄成丰满的诗经
你的心中藏着一书诗歌
一步跨进甲骨文的路上
忽生出由远古而来的马蹄声
让一些哲学　从南方的大城
走进北方的乡野

唯一的妥帖

梦和月亮的晴空下
土地是宽松幽寂的
留下北方所有的忧郁
好挂在千村的树枝上
为菜地的静肃多一些心安
我只期盼
让那些该拥抱的人拥抱
以地心引力同等的重量
淹没掉核分裂的焦虑

为长明灯在鼓楼之上留下尘埃落定的影子
顺其自然地活　顺其自然地老去

把裙角筑造成美学
把浪漫定义成不要错过的命运
和世间透彻的虚无
咀嚼相待
未知的　成为约定
不可言说的
才是唯一的妥帖

远去的疼痛

每天清晨
一碗温热的小米粥
打通我虚弱的神经
初夏的清晨
被落在身后的太阳公公
照得地里的野菜　满面通红
酱油醋为凉拌添鲜嫩

可要用一生的梦想
去向论斤称重的世俗低头
我的孤独便会泪流满面
拿什么才能拯救天真的梦
又拿什么救度那些自卑的魂魄
可这又能怎么办
我只是不想在人间继续疼痛

第五篇章

在这片土地行走时

在这条土路行走时
我想把所有的寂寞都走尽
像站在你面前
眉眼就弯了起来
像这个村子诞生之前
就有了这条土路
土路里的风从冬吹到秋
把麦苗和草坪推出一片热恋
远远看去　让我称赞
这个村子诞生的意义

一个姑娘在这里的春天长大
在这个世代相传的村落
看升起又落山的太阳
看劳作中晚归的人们
拎起一筐啤酒对向天空高歌
回荡的声音安慰着土地
土地就是土地
让旋律跳进田野
说出一万句思念的鬼话

我深信那些恋爱的人
就是走过这个村庄时说出的
我看到装满夕阳的树枝时
又想起你的肩膀
心不再胆怯
在太阳上升之前
让远处的喜鹊带回几首歌

我要把歌声变成霞光
放开脚步的束缚
奔跑出生命的新生

温柔的心事

我想有一片春耕的田地
如有一片红叶在案头
灼烧了聒噪的依恋
和生命如兰兮的爱慕
我寻觅着慧心的静处
眼里却流动着对你低眉的轻盈
秋怡
雨夜后进厨房煮面
推门时的吱嘎声
秋怡
想到春耕大忙里的美意千重
这湿润润的秋安啊
因你　而深陷自卑中等了许久

让孤独歇息

在邪恶里看到你的爱
如清晨升起的曙光
在镜子照耀的地方反光
透明的肌肤　幻想着
仰望一棵树的萌意
和摇曳在枝头的鸟鸣相视
话多的人是为了掩饰羞涩
可那样多拥抱的人
为何依然让孤独暂时歇息
我把最初的悸动和燃烧的冷淡
扔向宇宙的边际
见马不停蹄的爱呀
却仍没有一处归宿的驻足

不要戏谑认真的人

我睁满一双
黑夜中看不见的眼睛
却清晰地看到了黑夜
灵活寻探着不知去向的可能
平静如梦幻的心跳
不需要任何惦记

但很多时候
我时常会想起你
想你时
是一朵没有任何风吹草动
就可悄然盛开的昙花
花在旋转的空间摸索
被夜裹挟在塔顶
没有信号
只有山峦和沟壑
传呼着星系的旋涡

而我用尽了所有胭脂的热量
只想和天王星捉迷藏
藏盖悲伤

与你在无数次的擦肩而过中

让这多变的尘世

亲近于家院

星空下饮烈酒

离太阳再近一些吧

告别掉不知所措的黑夜

为梦堆起星系

涌动出长长的

持续着的心跳

重新认识的你

一粥一饼
贴心的亲切
恋恋烟火的形色味
全勾人心
心静时
闻到微妙的事物渐多
毛衣上的走针
发丝间的呼吸
不曾上过心的事
猫咪眼睛里的余音
还有重新认识的你

忽然在心里
抵达一种味道
一种炊烟划破夜空的袅袅
把我清幽的心填满
把你无处藏身的彷徨叫醒

那些漂亮的花朵
不心喜哪得味道

那些如钟鸣飞行的鸽群

即使光阴散尽

味道犹存

故乡的河

1

故乡的泥土里
驻藏起一个个生命的来龙去脉
如永定河流淌进五月六月和七月

2

水天的那处
有许多棵老柳树
曾在贫瘠的岁月里
坚韧地活着或死去

3

我喜欢倚靠在一棵粗朴的老柳树下
与它讲起值得记起的过往

你说要用一生的梦想
把语言搁在这里守放天性

你还说要在这里写下大面积的荒疏留白
在水天的那处
与岁月蹉跎成精

4

当数年后
我在日落时
走在河边落英一片的土坡上
悄悄把最初的不言而喻
全部深埋在见过世事的老柳树下
注视着河流向我们这片贫瘠的心灵奔涌而来

你告诉我不要蜂拥而上
在人多的地方低头走路
无人的地方
守着故乡的一条河
阔步

月亮的脚手架

云彩只为月亮活泼着

羞涩的一丛兰草生在了有福之家

露珠打在花瓣间滚动起清透

晶莹着月亮的眼睛

把冒出来的情感埋在兰草下

在一片静天的暮霭下

我要搭起一个够到月亮的脚手架

一处能闻到清幽兰香的广寒宫

美好的生灵才能放慢脚步

抵达一个未竟的愿望

那片故乡

故乡有鸟儿玲珑的身体
有落满柳树叶的湖面
有喜欢走在田地里
摘下一片云朵的人们

可那片宁静被重如钢铁的时光里
摸不到的空气中生出的尘埃静止
一只风筝
在千山万水的距离中靠近又飞升
一个年代存在的人事
隔着一朵花一座山的相视
故乡
披上一身遥远的面纱
试图揭穿真实的宿命
然而玲珑的鸟儿
在寂寞中
随秋风落完最后一颗果实
树叶不再摇曳
我们等待着　呼吸着
如藏不起的谜底
只相识于那一丛芦草

一片土路的尽头

可我们爱的那个地方
为何叫：固安

平凡

我是小众里的一员
不喜欢关心大事
也不会把
精力浪费在不喜欢的事物上
眼里看的是花草茶香
心里想的是风花雪月
看看田地里收获的玉米
和你说说
后种上小麦的样子

未知的流淌

在我心里住下的你
不像从前

只是从心里堆积着积雪
露出一片雾气模糊的面容
内心的火焰宁愿悄悄凝住时间的恬静
也要穿越皮肉藏起一块炭的燃烧

我看到皱纹的地面和舒展的天空
在你生活的仪式里
挂上红旗
怀揣着对身体的敬畏
赐赠青春消逝后的寂静
和清澈的水一样无声得不可预测

天空中的歌声为地面的裂缝
浇灌甜美的轻叹
在另一个世间投射到你动情的泉眼
与所有的无价物
流淌出热腾的默契

地动山摇的情意

斜阳里只有一只空杯
我看到杯子里的思绪
两只老猫生出爱情的做伴
斜阳在干渴的空气里摇落了寂寞
我记得在竹林里笑过
也记得在一滴露珠滚落时睡过了头

我溶解了生活和文字之间的梦
却错过了一只猫的安息
我没有忘记在漏下的那一角蓝天下
在不透光的屋顶
在汹涌的心潮里
降伏了午后一首旧时的歌

关于你的故事

晚霞
淹没了层层叠叠动人的沧桑玄幻
无话可讲的落日
悄悄走进水天一色处的黑夜
寂寞的丛林清洗着漂泊的粗糙痕迹
水池的鱼群被翱翔的飞天惊散

我看到
你在转暖的夕阳下　落泪颤动
不着急
关于你的故事
我愿意聆听
不必难过
人在夕阳处耸立
才是一生的耸立

蓝孔雀

如果我是一只蓝孔雀
定盘踞在你秋波的深渊里
在忽闪的眸子中
颤悠的羽翼里
眼窝镶嵌的翡翠
苏醒你交错的心弦

我静候在枫树下
盼一阵含露的风和云
即使没有一丝沁心的拂面
一条缓缓的溪流
也不会让我失去导航的方向
潜藏在你身体的蓝孔雀
积蓄着骄傲
融化进一串斑斓的彩衣

留贮

一支沉香升入九霄
幽长得安神
让我不知绕过多少轮回
变成忧郁的精灵
与你在千年的画帷中相视
我兴叹于你飞起明斑的心动
卷起一片磅礴大气的图卷
躲过冷漠的人群
揭开另一片无垠的星火

你看子时冰洁的月亮
是我储备了众多星光
只为与你在山河滔滔再次相视
我的心丛聚着一脉青山纵横的麋鹿
去和命运一般的谜
直达神祇的安排

在春天

当我走进一座村庄
又离开一座村庄时
看到片片桃花盛放在虚无的春光中
麦田里的杯盏才能长成
醉意的老乡亲们在田间
享受这一发不可收拾的春风

吹开多少姑娘们老去的身影
万物滚烫
风水清冽
锈迹斑斑
麻雀为路人欢唱

在春天
孩子眨眼长大
我们刹那分离
在春天
谁又鲜食美酒
水深火热里
蹚过这么美的春天

萌动

看到远处的树冠萌动
像是与春天还隔着一段距离的人们
有人说
你是这样的
你是那样的
都是你自己局限的认知
认为的那样
一个人生长了几十年的样子
怎能用你只能看到十米开外的眼睛评说
哈哈　变化是不同季节的风
看不到才有趣

故乡之上的星星

故乡之上的星星
像夜空中小小的萤火虫
闪闪慢慢地发光
她们忽闪着灵动的翅膀
飞进一个有花香的家
在闪着微光的梦幻里
走进一个童话的故事
村庄的天空上
有雨水洒在大地的凉爽
像是萤火虫的翅膀扇动
又像是此刻
丝瓜叶子上虫鸣的动听
它们携来的清风明月
把书房的家浸染出花香阵阵
你看窗外　黑暗中所有的树影
都为扎根这片土地而积蓄力量
你听　所有的天空之下
虔诚的爱　最动人

一颗粮食

在这个世界里有我所有的感受
一个人遐想一个人吃饭一个人走路
一个人望着晚霞想念有你的思潮
如果你是我的紫苏叶
我愿在你的慢慢长夜里
填补治愈缺失的伤残

让一个吻涂在你身上
让庸俗的收获走向收获
把曾经的失去还给失去
寻找一片森林给自己一个方向

和前世一笔勾销吗
不
在你占据我所有空白之前
我要种下一颗种子
贪婪地让它长出粮食
在今世
生出你有我的最后一道晚霞

生命之上的高贵

我的心灵有许多坚硬的冰块
你用火焰的心一一击碎
为我找回纯粹的灵性
我热爱生命
如同渴望沉潜进你的境地

我已经起跑
可跑到哪里　我不知道
但我永远钟情于自尊
和我绸缎般的心灵
脚下的土地及书本

我该怎样感谢你
感谢你让一个女孩起死回生
让我的心灵呼出自由　坚定
哦　我记得你说过的话：
如果自尊可以换来爱
那是生命之上的高贵

护你周全

含苞待放的蔷薇生在五月
它们怎敢一下子就绽放
小院里长起高高的草
听我说起那些荒芜的日子
石榴树只钻出一棵嫩芽
就在编织它梦一般的红果实
而散落在它们身边
一只又一只的腌菜坛子
不会想经历多少风雨
才可与岁月蹉跎成精
莫要忧伤
你只管呼出最畅快的气息
它们自会护你周全
而我还是一样蠢笨
看不到一个生命的来龙去脉
我只想在多年后
和我的灵魂一起
与你在若隐若现的仙雾里
为一颗种子复活

捕捉到笨重

在绷紧的弦上
走到忧伤的秋天

树上的果实要停留多久
才可无所顾忌地落下
是的
你从没有回答过我的问题
我一点也不动人
但我只想随风聆听
弹奏出心中燃起的回忆
比花朵更美的回忆

从清澈澄净的眼眸里
想到薄情的人
我生出一个思想
在害怕陌生的世界里
穿越抽象的航行
不做敦厚温柔的惆怅
不为无限的疑虑而憔悴
我要灵巧地捕捉到笨重

忠诚的夕照

夏晚的骄阳退去
暖热的那片田野也渐入凉思
我在你细如轻丝的话语里
听到消逝的钢琴声
透过灰白薄雾的夜空
夜雨轻轻落下
冷冷地划过一些线条
你的一双眼睛　私语着时间的旅行
把黑夜隐入藕花深处
化解怜惜
我喜欢用这样的方式听你诉说
在你变得温润的眼圈里
坚守与无奈的苦涩和最真的童心
依然缓缓地
给爱下一个定义

一片多情的夜色

这个善良好奇的女孩
把一束紫藤别在衣襟
看燕子飞过
踩满草坪的绿地
寻猫咪的脚印

阳光谱出小夜曲的韵律
我沁着尘土漫步庭院时
向天空
拈起一朵花
念起我们第一次对视的清泉
晃悠悠　荡漾起
你心头的玫瑰

如果有一天
你来园中喝茶
我会特意切好两片柠檬
摘满一个瓷碗的薄荷
燃起炭火　温一壶老酒
情不自禁地

在你耳边

哼唱起

一首叫《绿岛小夜曲》的歌

专心致志的人

给我一个黄昏
我宁愿是在书店
只有书可以救度匮乏的脑壳
给我一棵
用上所有力气尽情开花的树
只有深不见底的根须
才能让洁白变得高贵
在我的脚下
曾为一些事情无助地哭泣
然而走走停停的人们
早已忘掉旅途中的眼泪
当我回到故乡
依着炊烟中的杨树
我只想
在黑夜来临之前
让我再俯瞰一次
那些星空下
专心致志热恋的人

四月天

我曾走过一片又一片的荒野
也曾忍受再忍受达不到边的苦痛
在白天和黑夜间伤神
却学会了变换完整又破碎的表情
也只有我清醒
那些世间的沉沦假象
有多磨人
我常念起心上的你
念起这人间四月天
念起昨日的笑容
比我更接近过去的笑容

随风的远方

闲湖里发呆，大片的芦苇
分得了愁绪和清欢
风　潜进芦花时
我打了一个激灵
便想起
你那张动人的脸
就是在见你
那一个瞬间的回眸
从此让我习惯了
一个人生活
一个人旅行
一个人静静地坐在波光粼粼的湖面
看韧性的芦草随风吹到东，吹到西
吹近你灵动又微微泛起凉意的脸庞
你说起那些灵魂的残缺
在世间百态的红尘中
往昔不再回头是必然
只有此刻经历的
才是你我最注定的安排
你看从暖阳正好到夜空
这样也很好

微风徐徐吹过

芦草韧韧筋筋

心　平和静静

记得在不远的未来

当我一个转身

再次遇见温柔的你之前

我要把所有心事

全部放飞在湛蓝的天空

让它们呼吸最清甜的空气

让芦草的自卑再少一些

让芦草的爱情靠近或靠远

都随它去

离月光最近的地方

那时夜空　蓝过了故乡
所有人的眼
那时杨树　和欢欣的喜鹊
涌动在天边
那时中午　饱满悠长
隐藏着少年寂寞的脸
那时永定河　原始清澈
好像大地的泪水
刚刚来到人间
那时故乡　麦场里的
月光下　独自安眠

温柔的心事

雨水想念玉兰花时
成为一种抽象的艺术
不讲玉兰花的言辞
不过眼下冰雪在消融
看
今天的太阳
有满眼的深意和夺目
是心上人的目光
望向彼此欲说还休的笑意
看呀
村子上空翱翔在蓝天的喜鹊
一眨眼　成双成对停息在枝头
为岁月酝酿春的花期
这时候
湿润而透亮的日子
就怕又被你辜负
一场生出雨水的充盈
我想
我应去寂寞了一冬的田地里走走

为萦绕雨水的村落

准备早春的草木

你应和雨水结为一伙

长出有棱有角的枝叶

托起半滴月亮

另一半滴落在池塘

将光阴的故事

长长讲述　慢慢萌芽

疾风知劲草

顶着疾风思索
白云上的鸟　肮脏的地面
石头的决心　万里之外
不能结果的花　字画里的斑驳
思想的纯度　天空的幻变
一个人从天真烂漫到
实际漠然的世间里，游走的一生
我又回到平静
透过一只小蜜蜂的翅膀
折返于土地与植物的博大

故乡的化身

我见到田野里飞起的野鸽子
为另一个我寄去一份恬静
高空是故乡的化身
鸽子是我爱这个世间的求索
放心吧
我想用一种新的热情
寄托梦想
把它放在彼岸生长
但我还需努力
才可尝到它麦收的清香

我们一本正经　追逐梦想
是时候呼啸到彼岸了
地平线的相交
为坚韧烧出祭红的碗
生命的晨烟还未散尽
夏天就熔进沸腾的臂弯
这就是故乡的意志
我的必需

第六篇章

寻索

我那些摇不醒的梦

应比飞向天空的路长

我想就那样坐着

抖落掉忧伤的思绪

不说话都很幸福

我摧毁了许多错误的脚步

对着火光欢呼

心是热的

光阴是热的

话语是语无伦次的

可那有什么关系

只要你悄悄肥沃在调和的诗里

眼睛里所有的事物

才有了长情的依存

今天

这一生的今天
由无数个失眠的夜晚
及煎熬挣扎的痛换来
它来得迟迟又猝不及防
是窗外突生出的几分春色
又变成雷电的先生

可你知道吗
宇宙中的所有相逢
都要从指尖传到心尖
那些壮丽的循环
可以瞬间捕猎着昨日今昔
我何尝不是期待这一刻的到来
像挡不住欲望的盛年
安于思想的防线
我的手心淌汗　眼里潸泪
为纯真
做一道轮回的加持

踏雪

故乡踏雪

凝固的沉寂

朴素的田间一片白

狗叫声　鸟鸣声　铲雪声……

一切相应得趣

重新抵达

清孤，冷傲，遥远，厚密，飘扬，吹绽，可爱，覆盖，滋润

不

是抵达天真

灵魂的秋波

我在凌晨两点醒来
黑夜知道我摸不到底的浓密
流水声发出无限循环的音符
我喜欢听流水的活泼

它为时间贴上了永久封条
任凭怎样的凌晨
也移不动盘踞在一颗心的死守

跨到清幽寂静的早晨
我钟情于你寄来的阳光
我用刚出锅的千层饼　薄荷汤
攫取花香

一口吃下
倾柔进编织的依恋
恰似在我心里照射到的阳光
为惊醒一床草草的梦做见证

我又记起

曾自由地流泪

照见疲惫的工作强度

和飞鱼一起　又轻轻飘过

溢向无人的地方

我在小园种出兰花垂露的姿态

在某一天　静待

采一杯绵甜的蜜

土地的去向

你有一双翅膀
在黎明前飞行在各家的屋檐下
你能看到
炉火里烧过的饭菜
谁家母亲抱起啼哭的孩子
喂奶时的全神贯注
在一片丰盛的麦田里
长长久久流动的水渠
还有飞过地头的直升机
追赶你不着边际的脚步

假象

我看着一屋子的花草

庆幸着

没有花的陪伴会有多孤独

应该为它们缠绕出体温　营养

简短几字

让爱的延续再次诞生

否则

善良向阳的生长

全部假象

荣光

我的心长出一片嫩草
只有你可以靠近
遇到一个美梦

听你说啊说
让一场精神的害羞
发酵在我幻想多日的某一天

我的心里低语
手臂碰到
柔软似冰的指尖
让一滴泪灼痛忧伤
走过
那条雾气蒙蒙的丛林

呼吸轻轻缭绕着大地
缭绕着嫩草尖上娇滴滴的露珠
那个时候我将在
轻风鸟鸣里酣睡
梦你温柔的脸庞
把我放进你心灵的荣光

乡音

我在村子里长大
儿时跳皮筋的欢快
那些包了粽子
想着给我们端一碗尝尝的邻居
我记得

再也听不到
啷啷卖豆腐　磨剪子抢菜刀的声音
这个冬天冷得透骨
伸手就要冻住整个水池
故乡能暖你的手吗
它在心里
冒着热气就好
即使面目全非
唯一不变的
是那一口乡音
我记得

无法自拔

未曾见面的日子
每一天都期盼黎明
没有忽然之间的喜欢
就像在我宛若流水的日子里
看到千年修得共餐眠的人儿

我听到精神世界里
那些止不住既久的心跳
我看到一个人
成就了他自己个性化的爱
为此我对一句话深有感触：
“人是浪漫得起的，浪漫不起的还好算人”

只有你能激发那些广大的爱
像被大地揭去惶恐的面具
像很久以前的生活　就像小说一样
像我投契在你的瞳孔里
在春色幽静的节气里　再也无法自拔

三月

您踩着深浅
随风去往好远好远的远方
没有一个转身
可我看到
您在很近很近的近处
藐视沉浸在黑夜里的人

您的泪水淌在眼角闷在喉咙
硬生生看榔头砸在钉子上楔进一生的定格
您的泪水淌进心里闷在胸口
听无声的唢呐渲染着无息的送别
您用情换来这一世
却用命交由一辈子不愿听到的生死

就留下那些不舍的哀思吧
让我追念着您绣过的桃花剪过的窗花
却剪不去想您的痕迹
我们在尘缘中连接了几十载
在众生中相认出的亲人
可亲人又未必是亲人

伤痛在毫无交接的泪水中交织
我的双脚走回冰硬潮湿的土地上时
在灵魂亲近于灵魂中飘零
我看到您留下的一片云
在那个夜晚
为田野洒下细润的雨

燃烧

飘浮多年的眼泪遇见羽翼
那些苦难有你的岛屿里
生发着脱胎换骨的重塑
我踏上风火轮追寻你的气息
看你的眼睛时手心酥麻
我的乾坤圈为你撞击着飞蛾
我不要在失眠的夜晚望着星星
只想在你的岛屿里
修复被世间刺杀的伤痕
连同你岛屿里的伤疤一起愈合
为双子座的破晓
燃烧一次，只一次

长情的时间

你俘获了我的喧嚷
在忧伤中过滤着遥远的凝视
留下脸颊上漂泊的蓄意
在收集的虚无里
聚散出慵懒的雾色

我知道你怀里的地图
是朦胧中缓慢延长的思潮
变成押韵的汉魏诗
与门前经历四时的河流
坐行于车马刷亮的竹林

那声音像新裱的泼墨
敲打我的肩膀
留在浪漫的团扇和罗裳的时间里
和着短暂的生命情调
飞萤　才会长生

该有的样子

下雪了
纷纷飘落的小精灵
诉说着冬事里的瑞雪丰年
我关上木门
看着屋子里炉火升腾的热气
和窗外的雪花隔着一层温度的遗忘

又在悄无声息的记忆中
忆起在寒冬里给了我一个满怀的人
我在双眉间　凝注一个朦胧的笑
是夕暮里滋育出的花朵
在静谧的被一丝残雪盖住枯草的午后
惦记着灵气的陪伴

雪在空旷中闪耀　似没有归途的雁
在逝去之前
不知它又要飘向何方
我没有忧伤　打开地下的地窖
开开关闭的木门
见到冬天该有的样子

依然这样

故乡的土路边

蹲守着一棵大榆树

微噫的春天静静来时

涌动出一片伸展

放歌的人穿过榆树

为流淌的枝头　注满了榆钱

我贪吃

可劲捋一篮子榆钱　回家贴榆钱饼子

小时的春天这样

如今的每个春天来临时　依然这样

前世的日晞

天气热烈得发晕
燕子飞得很低
外屋奶奶擀面条的啷啷声
切黄瓜丝的当当声
炸花椒油高调的刺啦声……

我爱听炸酱面的这些前奏
是一曲悠扬的小曲
带我回到九十年代
仿佛到了很远的远方
我住在门前有溪水的小山坡上
偶尔老友们来小坐
每天还能写出几首不错的诗歌

想想远方的曾经　也为梦驻足
让我渡过冰河之上
握住时间的静寂
穿过榴花的双眸
走在雾中　走在云中
走在软软的阳光下
照见你

记存

一棵月季在花盆中绽放
它应该有更广阔的天地
于是我把它移栽进院子里
和顽固的季节随意叫板
别害怕阳光下的尘埃
叶子上的昆虫
它们都是单纯的灵魂
在花开和结果的时间里
找到温暖的现实　站住脚跟
像灵魂何时都能遇到神圣的结合

让生命更长一些
比高歌的生命还要长
比青春的爱情更值得怀念
如同星空运转
早已无人在街道上唱歌

如果有　也是爷爷在秋天里讲的故事
在夏夜繁星下摇起的蒲扇
一颗流星转瞬即逝
我想记存下　一件更有意义的事

思绪

不知哪里来的力气
从小城跑到村庄
这个举动
让人感到在衰老的路上
年轻了一些

我想你时的动力
来自宣泄的力量
你曾对着悲哀微笑
把森林遗忘
与树叶簌簌地低语

任由思绪咬啮着思绪
时间把白发的帷幕揭开
长在你的颜面上
只怕晚风来时
小径无人等你

那个清夏

西墙的满树月季
把我的粗心装点得美丽周到
这些美的养料
是时候施洒给更多空间了
在秋天的风吹来之前
我看到
露水浸湿了脚趾
我还看到
你用一张诚实的脸
轻轻吻了一下清夏

田野里有虔诚的梦

立夏来了
最长的季节就来了
大雨后
庄稼乖巧得像个孩子
为田野开疆辟土出一片宁静
池塘的青蛙把平静演绎成欢快
不为时间驻留的活物
任由大风吹翻更多的往事
把我的锄头连记忆一起拔起

多朴实的田地
一只螳螂在豆角架上散步
露水滴在它薄绿的衣纱上
有军人的轻装气姿
那些刚冒出土的倭瓜
温暖沁满了枝丫
把幻想放大成青湛的天空

怀想到秋天里的饱满
瞬间发出生长的力量
不停息　不要停息

和那些吃草的牛羊
一起创造全人类的栖息
一切都将被时光淡淡流去
无须斤斤计较

我知道这田野里的果实
许多用虔诚的梦培育成花

如果我在故乡想你

我在那片故乡很想你的时候
是数不清的书陪伴
我把自己关在书房里
一页页翻动纸页
用手里的一支笔不停地写下去
内心便平和起来
不说话
生怕被想念钻了空子
当我走到比云烟还遥远的夜晚
打开灯　如果还有一丝害怕和忧虑
我会在入睡前
拿起正在看的一本书
放在枕边
让梦收集起天边的羔羊
让一些思绪云开雾散
尽情吧　尽情地
蹁跹在前世的日晞
隐没在此刻的朝露

小园有秋

我垂下眼帘
看家乡的水渠浇灌干裂的土地
从此油菜花在这里盛开
蜜蜂酝酿出比云烟还漫长的蜜
在这片土地
我们可以安心地老去
没有人被无端打扰
关上门可以什么都不听不看
尽情仰望比泪滴还清凉的夜空
如果被我找寻到少年的夜空
一定看得到野兔和青草在星空下交谈
当我漫步田间时
昂头
远眺一垄又一垄的庄稼
低头
看到粗糙的曾细腻的双手
让我开阔出岁月的馈赠吗

在这片土地
我学着干练和示弱

看到离去与死守

学着“大道唯实”
收获小园有秋

月白风清的黄昏

阳光房的花草　明亮葱郁
可爱的心情　嘻哈如醉
记忆的彩云　在风中飘向远方
热气升腾的火锅
从黄昏温暖到日暮

后来　我梦到你来吃茶
也是在黄昏
我骑上自行车　去田间
只为你摘一朵金黄的向日葵
随着葵花的风轻轻摆动裙角
后来　炉火纯青的温泉
迷雾在夜色中
多幸福啊
说不清的才幸福
明亮葱郁的更加明亮葱郁
说不清的也更加说不清
前尘旧事葵花知

我允许故乡的一朵葵花
飘进黄昏的月白风清

光阴的斜坡

光阴的斜坡
一片片黑白分明
留下时间的痕迹与踪影
挣脱掉命运之箭的束缚
即使伤痕累累也要
与自己和解把酒言欢
原谅那些过路之人吧
让剧痛的心
重回到深邃的莲花宝座
像云开雾散　记忆的大幕
在物我两忘时悠悠拉开

小人书　故宫的钟表　北海
乒乓球　净慈寺的枫树　梅兰芳大剧院的戏
生命中一个重要决定
《青年文摘》《诗刊》与《女友》
电视中播放的《天龙八部》
变成网游里通宵达旦的手游荣耀版
那些英雄
那些被冤枉有才气的好女子
还有那幽默可爱的鲁迅先生

却只在大众面前担任了一个角色

怎能随意卖掉　那些少年的光阴

不可以的

多少事　急匆匆被忘记

可最后啊

总是那致命的朴素

不会将我们轻易放弃

红尘中的沸腾

你说当人人不再惦念远方的时候
向灵魂致敬
就可以在丰茂的水草之上
看到那只橙红又翠绿的蜻蜓
不需要任何理由
不用心疼　也不必酒醉
不用聆听城楼之上的羽扇纶巾
就可到达　千里湿地深处的故乡

你看　红尘中来去的风影
在水火之间缠绵交错
刺眼悠久得不可逃避
你看那清凉山顶
一次次在盛夏倾诉于夕阳
在这里心平气和地看见明月
我看到
你少有的孤独背影　渐渐隐去
别转身　挖地三尺　会落叶沸腾

浪漫的地方

我一直认为我生长在一个浪漫的地方
食物却总是朴实
今天吃了一碗饹馇汤
只有在家乡才能吃到的亲切味道
没有人知道它多么好吃
相反于
豆汁的名气总比喝的人多
就像你看到我时
总回复一个浪漫亲密的点头
我知道
即使天才也有傻到让人发笑的地方

赠予你一束花开

还有几天过春节

书是怎样也读不下去了

唯一感到激灵的是收到你的信息

让我欢喜地扫去尘埃

可我不敢见你

我想变得更好一些

让多思的心灵自如一些

看到满街红的年货

我带回一束顶相思的红蜡梅

赠予这北国的春天

便全是对你的思念了

和皱纹一同老去

夏天多么青春
像多情的男女　融合无间
可一遇到那片黄叶
如此珍贵的爱情便落满地

如果相思
可以和皱纹一同老去
我要饮下一杯烈酒
见我欢喜的人
让我再多多望你几眼

就几眼

故乡的那片玫瑰不会褪色

我不愿失去天真的心
不要被人世的污垢沾染
因为那样会让我觉得
偷偷喜欢你少了诚挚和纯真
故乡的那片玫瑰不会褪色
在我偶然触及的思想里
还不曾想过爱情

我多么想做一个恋爱的梦
想让你欢喜的我
记得一件事
在天亮之前
云雀会替我叫醒你慵懒的模样

留一片心地

午夜醒来听秋雨
我力守着静默
看钟表嘀嗒嘀嗒地旋转
想起一些伤心的往事
泪眼也淋上了秋雨
为何要有别离
做人真是件乏力的事

无聊得又让我多想念您
写上几句愉快的诗趣
可您不知道
想您时　连小鸟都不爱唱歌
树叶纷纷飘落
在冬天临近之前
我准备好棉衣
您也要收到我们寄去的棉衣

一个还不错的黄昏

我找到一个还不错的黄昏
为你寄去一片叶子
我热情地　热情地
只盼你好
你要知道
我在你这一点野心也提不起
只要见到你的神态
高兴的调子便唱起来
像推土机一样
掀翻我所有的忧伤

第七篇章

一棵枫树

我要在园里种一棵枫树
用此刻到暮年的耐心
看它从幼稚变沉稳
我还要放一把最爱的摇摇椅
在树下
看它遮住阳光的眼
安我入睡
如果走到暮年
我愿意在秋风中
看它怎样扫落叶
当然这些都不重要
重要的是　它是一棵枫树

一片天真的云彩

我走了很远
想回头望一望生养我的故乡时
五月　已经过去很久
端午锦依然开得热烈
再回头望一望家乡
对你的思念便长出大片端午锦

我不再生愁
知道今天的花朵明天的果实都有定数
我也不再憎恨时光
让我生出皱纹的眼角
还好
成熟和沧桑挂钩的平衡

至少
我还有一片天真

喜鹊唱起旧日的歌

摘一束萱草花
捧起一本诗集
就想拥有一份奶酪般的爱
我闻到了这片故乡的清新
再回头望一望村口的杨树

我又走了很远
在月夜
闻到虫鸣声声的草丛
在落日一样的艳丽中
认真看你一双清活的黑眼

不，我再也不愿看到严肃的表情
只想好好追溯一下曾经的相识
被你说起有多羞涩的初见
我愿意听
我愿意听到
在那片轻轻的云里
你紧握住我的手心
淌出微汗的暖意
这足以医治我零落的伤痕

可我不能再回头看

肩上要扛起担负

笔下抒出疾风迅雨

走过贫瘠

让惨淡的心灵

浇灌丰盛

不想说出你的名字

冬天的夜很长
尤其是惦念你时
玻璃窗的冰花
迅速长成寂寞的灵魂
我有许多话要和你讲
可望着你时
灵魂冷出窒息

我想我该为自己取暖
随便跑到一个无人的地方
把说不尽的一切
在熟悉的地方面壁倾诉

有人问我发什么呆
我迟钝了一下
不想说出你的名字

拾回欢喜

今天带着一半忧伤的心
揣着委屈
淋着清凉的小雨
走在仲夏的杨树坡上

看到一群麻雀
谢谢你们带给我可爱
又让我捡拾回我的欢喜
说话就要秋天了
天气凉下来　将是不久的事

我可以慢慢地走
但日子要加快地过才好
那样等我们都老了
你才会看到
没有人爱你像爱那片土地一样深沉
可对你相思的那个人　也只有我

另一种精致

院子里的月季花开累了

从此绿叶不再谦逊地生长

终于到叶子狂绿的时候

隐藏着寂寞的爆发

它的美　给了生命另一种精致

最初的味道

阳光下晾晒的被单
迎合着墙一角正开放的豆角花
麻雀叽叽喳喳为天空谱曲
我坐在摇摇椅上
闻到了数年前亚当最初的味道

看不到的才是诗歌

走在人声鼎沸的街里
看到的真实成了生活
看不到的才是诗歌

肥盛

长在夏天的树最肥盛

那是拥有了爱情的土地

诉不尽的话意

你是欢喜的人
让我一塌糊涂得手忙脚乱
那就小火慢炖　煲粥一样
慢慢温习
还要学会做香的千层饼
收买纯真的铜饼铛
是的　纯真就是飒风阵阵
诉不尽的话意
像艺术的年轮又尖又灿
可是那么好
即使戴上墨镜
我也要追逐光明磊落里的秘密
用一生的时间
请心上人吃一餐千层饼

我的故乡

走在石子路上的心情　不快意
这深沉而谦卑的路
要用埋头苦干的测量磨平势力的棱角
是故乡
从黑夜走出来的人
看到村子上空
阳光从东方的天空诉说呢喃
我侧耳聆听到大喇叭广播的声音
我想全村人也在聆听那些滚烫的声音
多少年笨拙的脚步
竟深深挖掘出了清泉
让硬朗的乡音奔向永恒的故乡
是我的故乡

漫山一片的慈容

在那条土路中回想着

几十年了　没有一个黑夜属于我

没有一丝情意可以明目张胆地表白

我自卑到把心锁死在一片静默之地

没有雷达轰鸣

在曾经毫无生气的眼神里

奏出一曲未曾写出的谱

我多想变成灌木丛

没有好大的身躯

却可生得漫山遍野

漫山一片地去凝望你

宽广的心灵

漫山一片地去期盼你

让我生出幼稚的勇气

修行慈容

尊贵的土地

走在田野
想想老去后也要回归它的怀抱
摆脱心头苦闷
便使我忧伤的心振奋
我要问候我亲爱的故土
我记得
我的眼泪落在这里过
笑声回响在这里过
可我的脚步何时有归宿
只有田野知道
如果有一天
我在田间的绿草地安眠
定亲吻这片尊贵的土地
尤其在迷人的五月

忠诚的夕照

夏晚的骄阳退去
暖热的那片田野
也渐入凉思
在你细如轻丝的话语里
大地听到消逝的告别
透过灰白薄雾的夜空
夜雨轻轻落下
我洞察到
你的一双眼睛
疲倦又热切
把鸟儿隐入藕花深处
含情地化解你善念的怜惜
你说喜欢用这样的方式诉说
在你变得温润的眼圈里　坚守
与无奈的苦涩和最真的童心
忠诚于灿烂的夕照

你的眼角

我想喝一瓶可以解渴的酒
把发绿的青菜　生活的尘垢

从不急骤的空气中隔离

晾在明丽的阳光里
醉死在长满青苔的房檐下
如果可以连接万物
我想用一丝秋波唤醒静伏多年的云杉
可谁有解渴的酒
连同他的心一同交出来

顶风往前的日子

岁月放走了许多逃跑的时间
才能遇见一个有趣的人
我没有华丽的衣衫
却倾心于智慧的你
我承认我偷窃了你的照片
那些一往情深的过往
都将被时间带走

那些顶风往前的日子
被我一铲一铲挖掘出了清泉
是生活给下一站生命的新勇气
是爱给天地一切成长的正名
我不想听到　还年轻这样的鬼话
只想遇到粗略和精致
傻瓜和智者的不断交会

放进意义

跟随自己
当我看到许多人的脸时
孤独更加孤独
使我记起了许多生厌的虚伪
想离人群远些
去坚守追赶太阳的决心

有一天　在吞吞吐吐想念你之间
找到了那把万能钥匙
在打开我封锁的心门之前
我听过许多聪明人的胡话
却没有感到一句幽居的沉思
我清醒地看着沉寂后的真实
快意的心
在无意义的事情中　放进意义

静悄悄的操场

静悄悄的操场上
铁网隔开善恶的彼岸
在生命的河流里旋转
我坐在这里看着
打篮球的少年投进信心和勇气
我在无目的的时间里
看时光失眠在
一个个旁观者
跨进所有叫篮的筐

我要为时光做一个荣誉的篮子
摆脱怯懦
和洒脱的灵魂联姻
跨过无数障碍
投进很远的幸福

甜枣一样的谜

我时常想　在那片不染一丝云翳
和思虑的蓝天下与你相爱
与爽朗的东方空气一起爱你
让我柔弱的心灵为你做一道佳肴
带我去往清澄的土地
好把一些小巧的秘密安全深藏
你说在杨树吞咽绿意时
坐在你身旁
让栀子的香绽放

在生命的日子里
听你开导
解一颗枣那样甜的谜
放困惑于遗忘
让长久的焦渴被露珠浸润出晶莹
让你的小舟带我悠闲地停泊
一个甜蜜的安逸
温暖的凝视
随你窃听我的呼吸
随你　都随你

初冬的清晨

初冬的清晨
种过向日葵的地头上冒出一片阳光
让我罕见地满足
被照亮的那些无辜谎言
也暖出一阵春风

我一周没出大门一步了
也该被阳光晒晒
走走通往智慧的路
让渺小的坦率　静观先知
摆脱掉不该忍受的
让负重击回深渊
让僵死过的生命
复活出持久的爱　自由

凝视你洞察一切的眼睛
让我寻到艺术的根源
静默你对一个卑微者的同情
我会继续走向远方
把没有的变成可能

蓝天身后

你说过
我的许多思维　是从心灵涌出来
而头脑是用来成长的
弱不禁风的小体格
是命运造就的真实的天真汉
要永远堂堂正正站在那里
不需为命运担忧
我时常想
把乌云藏在蓝天身后
让虚伪现身
给指尖上的那滴深爱一个证明

故土之上归来

1

我转过身去

告别刹那离去的人

那是一个不眠之夜

在家乡

有过哭泣

有过悲伤

2

我带着沉重的心事

终于回到　蔚蓝的家

可爱的花　凤凰单丛下

暖胃的粥

是它们

把我藏身在一个个淡雅的梦里

栖息　安眠

3

天刚蒙蒙亮我便起身
行进在一个人的远古
磨盘　马车
前世的云
疯狂的季节
泥坑　极昼
鼓荡临风
裙角飞扬

4

我看到
遥远亲切的晚霞
在故土之上归来
故乡的鸡鸣
却在故土的天边远去
还留有一丝温顺的灰烬吗
看到那些干柴和枯木
废墟的尽头

残留稀薄的裂痕

让我不禁叹息

生长　死去　都那样漠然

我好累

和淡雅的梦睡一觉

不允许你熄灭

天空压得很低
风起　吹得窗帘扑啦啦飘飞
远处的钟声里
推土机怒放着劳动
雷声起来了
该静一静乱舞的心魂
穿透漆黑
我不再寻找划破夜空的光芒
平静地让
刀子熄灭
钢筋水泥熄灭
失去心魂的人熄灭

飘舞的大雨在下沉
尽情让尘埃灰飞烟灭

我不怕漆黑一片
即使雷电交加
我也不允许你熄灭
因为你有一个翠绿的脑髓

把往事回想

当路灯下的小飞虫
正步走过夜空
黄昏便亲吻了这片土地
邻居弹奏的钢琴曲传到我的书房
我起身　院子里落满了晚霞的花瓣
美妙地让我想拥抱你

多么想在此刻接到你的电话
让这无声的黄昏
传递出亲切的致意
我要约你在葫芦架下说起它们的长成
如果你说也喜欢葫芦
我会摘下一个最美的放在你手心
听你把往事回想

透明的橱窗

在小镇的乡下
蛋糕房的小店
橱窗边
我买一个黑巧
小时候
怎样也没想过
长大后
会控制甜点
但还是喜欢
花朵一样的
奶油里　有
掉下来的露珠
透明的橱窗里
含着甜甜
梦的存在

最初的憧憬

一夜之间我读完一本书
书架上的书是否背叛了黑夜
我已想不了那样多
拥有艺术情节的一夜
让我心满意足
在喜鹊叫醒的清晨
我从书中走出来
又在记录密密麻麻的文字中昏睡
我等待你翻看我的手稿
让我拥有一刻的安静
恢复最初的憧憬

深藏着对你的欢喜

夜晚孤寂的星星眨巴着眼睛
豆角架里的豆角会搂在一起
在这月光流萤蛐蛐追逐爱情的路上
我深藏着对你的欢喜

我想把你化作一滴清水
贪婪地映出你的影子
看你在脆薄的寂寞中
燃烧起一只灯
一只顺向河流的灯

假装疏远

落叶有它的归途
它从不野蛮
只有安详
树上的眼睛会给它们指明方向
和清晨煎好的葱油饼一起
看到活得很久很久的树干
但我不要做当真的孩子
一切当真的叶子都会神奇般离我远去
我要从你身上学会一切
真心的爱
假装的疏远
奔跑进我向往的自由和理想

全部的过去

九月的白菜畦
热闹得不凡
蛐蛐蝈蝈蚂蚱小昆虫一同奏起交响乐
那是属于它们年代的盛世
一个不可复制的盛世
它们从不怕死去
冬眠只是一次多余的心跳

它们的灵魂总在全部地过去
等来下一个开始
不必记得曾经的鸣叫
也不必记得曾经丰衣足食的过往
它们随性地活着
也随便把自己埋到一个地点
没有未来的遥远
更不会赶着车马在清晨路过
只有春天悄悄走进那片图画
增加着记忆在我们身上增长的速度
但我们不是它们
我只为它们祈祷
别误解人类的停留

更深的去向

我骑着自行车行驶在小镇的街道时
无人知道我看到的一切
我和墙角的蛐蛐是同谋
我们固守又舒放
在这方没有一丝阴云的土地
走进更深的去向
不要笑话我
我只想
走进土地的去向

第八篇章

季节里

寂静的院子里冷得刺骨
一切被点了穴
在这生生灭灭的季节里
总有解穴的道法

我扬起脸　看到
只有院子里的蜡梅不受控制
横跨无数风雨的阻拦
被生活不断定位　铸造
我却冒出一个问题
它也是一个听不懂数学题的笨孩子吗

在清晨的露珠中看到你

如果你来看我
希望是在小雨蒙蒙的清晨
穿过鸟鸣的槐花树丛
穿过那些年不得忘的青春
穿过内心的翻腾
穿过秀美的草地
穿过残缺的月亮
穿过飘在我故乡的云
穿过相信爱的年龄
穿过我常去的大杨树下
穿过一个淡淡的浅笑
穿过你不移的眼睛
穿过我的直愣　你的包容
我会再次弹一首叫作恋恋风尘的歌

让“露水挂在发梢
结满透明的惆怅”

带上文字一起来看我吧
让我轻轻抱一下它的忧伤
请你在清晨的露珠中
叩门于我

村庄里的节日

1

村庄里的节日
在冬天
每分每秒
白天
爆竹声响
夜晚
烟花灿烂
通红的节日
点燃了百姓
通红的心

2

大年夜的春晚
结束了
窗花里

生出福气
暖热的房子在升腾的

红色里睡去
炉火眨着心跳
花儿散出仙气

发来短信的人们
含着酒酿的果子

在这片土地成熟

蛐蛐在我收集的
数百年的破瓦缝里探究音符
阳光给它投下灵感
在好多年前为它准备的灵感
在好多年前　我就开始等待了
等待生命里谱出的贝多芬
等待那只蛐蛐研究出
浓郁的黄昏
黄昏
我看到又一片烂漫的向日葵
在这片土地成熟

从来默契

您染化了她的文字

悄然离去

她点起一支蜡烛

只为用心多想念您一分

可知　感受有多沉重

翅膀就有多哀伤

您说和她一样笨拙才好

因为在夜里

蠢笨会和灵性交换

她泪流满面

看到两面相似的镜子

在除夕的雪夜

被巨大的孤独吞噬

她想到您

莫名其妙就想到了您

这不可控的距离

不可预知的生命

只是　从来默契

老去后的事

夏夜的热气
与树梢上不动的风对话
晚钟悠然
看少年跑过
日落封存的村庄
我泡起一壶茶
和考古的邻居
说着老去后的事

留在书页里的诗

想到我无意间去过的
那个小镇
人们穿着扎染的裙衣
和多多的蓝靛花布
在清白之年的天空飘荡
内心泛起一片干净
年轻的艺术家
从这里激动走过
与这里生活多年的老人
敦厚地晒着太阳
秋日暮色
云　飘啊飘
奔跑的速度
需要一生追赶

我驻足　回看
我们都在出神地凝望
心却不约而同
在云朵背后奔跑

我回过神

吃下一杯玫瑰茶

穿起美丽的衣裳

提起裙角的风

晕染在淡蓝色的星空下

夜里的蓝

是寂寞的蓝

是它独自拂过天空的蓝

那样悠悠长长

像停留在书页里的诗

气质这个东西

穿起收身的新衣　好开心
我可以瘦下来
原来瘦下来是轻盈的
走到倭瓜架下

不再害怕被无端批评
不要眼神游移地自卑
不再听从亲人说我穿哪件衣服好看
不再吃不喜欢的食物
我要按照自己的本心走路
昂首挺胸走起每一步
暗自欢喜　我也可以好酷地
拥有气质这个东西

即使

晚霞飘过田埂
花也从不偷懒地盛开
它们积蓄的能量
足以划过冬夜
大朵大朵的花瓣热烈地
为我点缀起浴缸里的馨香
它不要被人遗忘
即使秋霞飘过田埂
即使果实比它更有魅力

剥去一层孤独的死皮

一个人走在菩萨山
那条长长的路
也只有我一个人
我看到了干净的朴树
沿着那条路的尽头走下去
路旁是广阔无垠的大海
大海中间是菩萨的莲座
我不想走到尽头
觉得尽头会有神奇的力量
让朴树长得更高

我只想感受
累出老茧的孤独
穿过世俗目光
透向天真的眼睛
何时剥去一层孤独的死皮
我想让菩萨保佑
那些被精神高压
电击过的灵魂
走过混沌的世间后
依然好好的

我要静静地听
浑厚低沉的涛声

带我回到故乡

故土的光阴

故乡并不远
再干热的季节
从任何地方出发
都可抵达

在故乡的群山间
我想到了刘伯温　张华
李可染　齐白石和刘凌沧
一颗心站在烽火瞭望台上
被飞扬的白发悄悄烤红
又在斑驳的梦境里
远行

故乡的艺术馆里
谁的飞白与皴擦叫我羞怯又惊叹
节气　风骨　忍耐着时光的凌迟
我心疼　画里
那一颗孤独的魂
久久不肯离去
我时常惦念
那些妖娆散漫的烟云

是否已达彼岸

故乡的气息复杂深厚

无法阻止我

一天天在这里幸福地老去

日日夜夜仰望迷醉在

上天群星的芬芳

岁月漂泊　星系聚集

听　这奇俊的光阴

看　一个人的诗歌

思索过的心事

从前　有一个齐刘海黑眼睛的
天真小女孩
她喜欢望向天空飞鸟的表情
可爱至极
她的心事
像田野上空的白云一样多
那些被她凝望过的白云
和天空一同
把她的瞳孔染蓝

如果我没看错
她用心　思索过的心事
比天空更了解天空的意义
从心发出的蓝香呢
也会笼罩在她深邃的光阴里
慢慢静静悄悄弥漫地延续
和她的心事一同延续

五点三十九分的小镇

麻雀唱起自然醒来的清晨
我推开窗户　为窗台的花浇水
钻进来村庄上空田野里的清风
为思绪的花开浇了忘情水
可被风吹拂的一朵花红了脸
恋爱一般羞涩
我嘲笑着它　看向窗外

鸟儿追逐远处轻烟的狂热
吃光了我在墙头上
为它们放的所有豆子
一溜烟
又去追寻不知去向的云朵
回一个神
我在等待中
看它们啄木栅栏上的飞蛾

我热爱它们的灵性
如同热爱你一样亲切
这是五点三十九分的温泉小镇

从小镇中开始找寻

——评祁筱慈诗集《五点三十九分的小镇》

从终极意义上讲，诗和美一样，是无法定义且无法穷尽的，人们只能不断地逼近。祁筱慈的诗歌正是在这种无限逼近的诗歌创作中，找到了自我与时代建立言说关系的背景——即由女性生命和生活实践所决定的观物和体察方式，并且还寻觅了一个坚实的物质依靠——她的小镇，在形而上和物理实在的双重层面，构筑起自己诗歌世界的轮廓。

从某种意义讲，祁筱慈的诗歌原创力源自内心无处倾诉的情感发泄，诗人对于爱情瞬间的敏感捕捉、对爱情倦怠的叹息和对爱情尖锐的质问，是整部诗集的一个重点。这使得整部诗集呈现一种内在矛盾的经验。正是从对爱情的追求到发现爱情的质——认知自我的构成，祁筱慈的爱情诗超离了爱情而进入构造爱情的辨析，呈现出一部“女性诗歌”的复杂图景。诗歌中吟唱的爱情，既是祁筱慈个人，也是女性自我生成、蜕变经验的话语形式。诗歌中既有地动山摇的爱情不如两只老猫在斜阳下相依的轻蔑，也时有“如果我是一只蓝孔雀 / 定盘踞在你秋波的深渊里”的深情。更有“这个黄昏 / 你带着九万里温柔 / 向我奔赴而来 / 你带着嶙峋爱憎 / 把我困入云层的清寒”的盛大，当然也不会缺少“千军万马踏破铁蹄的想念 / 又开疆辟土　卷土重来”的兵荒马乱的相思。这些诗歌细密编织着诗人对爱情的期待和想象，间或隐藏了诗人真实的自我经历，承续了朦胧诗以来的情感言说方式，也回应着众多女诗人对爱情的吟唱。

祁筱慈的很多诗歌都以爱情的外观出现，但诗人所要表达的绝不仅止于爱情，而是她整个的人生态度。她在爱情中，更要找寻的是一个确立的自我，一个独立于世界的个体的意义，这一切都带着强烈的个性色彩和内心感受的特点。祁筱慈对自我的超越应该被看到：当她选择某一具象为题材来倾诉自己内心时，她也在试图摆脱这个题材本身的囿限，寻求自己内心世界尽可能广阔的“全方位”呈现。这扇以爱情为外观的窗户，让我们看到诗人更趋完整的内心世界。

按照波伏娃在《第二性》中的观点，女性是无根的，故土或言故乡大多在父权的谱系下才能得到诠释。而祁筱慈的写作中，她的小镇是定海神针般的存在。她跨越了男性与故土间的联系，将女性重新置于此种观察视角中，故乡成为祁筱慈透视自我的重要因素。荣格曾说过，无论一个诗人多么傲慢自尊，他们中的每一个人都代表了成千上万个声音说话，预言着他的那个时代意识观的种种变化。在现代性彻底侵入的生活中，城市的一切都被“祛魅”的概念化解为工业社会的一些零部件。而相比于城市，乡村是富有魅性的，这种魅性是大自然的馈赠，也是今天乡村的优势所在。

祁筱慈在诗作中喃喃自语道：“三十岁后 / 体内才长出与故土亲近的基因”，“披挂着村庄的灯火 / 听着乡音一寸寸浓过深夜。”没有拔地而起的高楼挡住天空，夜晚的月亮是乡村的徽章，见证了情感和成长，那白日里头顶的蔚蓝是几代人筑起的光芒。诗人在这个缓慢而亘古的凝固时空中，重寻自己的来路，标定着生命的刻度。她望向了田野，“莹亮起被我遥望过无数次的那片田野 / 除了你只有呼吸还醒着”，她穿行过花丛，“一根刺 / 牵住了我的衣角 / 我转过头　不急 / 退一步躲开它的锋芒 / 再看在乎的人 / 经过雨天的房檐 / 燕子穿过 / 似曾相识的屋檐呀 / 过度地迷恋和排斥 / 倾斜在 / 意志里无缘无故的夏天 / 怎么在心里 / 悄悄就添砖加瓦　扎了根”。故乡的一切都欢迎她的归来，故乡的一切也默不作声地在一旁悄然陪伴。只要祁筱慈愿意，她可以幻化为一株春草、一滴水珠、一片云彩又或者一块瓦片，故乡的原野维护了不受限的想象。在这些富有灵性的诗歌中，我们仿佛听到了诗人的灵魂在绽放。

故乡营造了一片精神自由的飞地。乃至于，回归后，异乡的不快都被抛之脑后，只能回忆起“我的童年 / 在一棵枣树又一棵枣树下长大 / 一种从心

散发出的甜 / 笼罩在旧的光阴里”，三十多年在小镇外的时光被旧光阴里枣树的甜蜜治愈。这是现代人难得的抚慰，更是只有故乡才能给予的寂静无声的礼物。于是，诗人化身为曾经的小姑娘，重演着《在这片土地行走时》温暖的图画：

一个姑娘在这里的春天长大
在这个世代相传的村落
看升起又落山的太阳
看劳作中晚归的人们
拎起一筐啤酒对向天空高歌
回荡的声音安慰着土地
土地就是土地
让旋律跳进田野
说出一万句思念的鬼话

在这小镇上翻涌的不是对生活的理念演绎，而是对生命困境的挣脱，是在冬雪中感受温热，是在夏阳中体验阴凉。生活在小镇的祁筱慈，广袤大地上自在生长的万物、亘古的四季成为她心灵和诗歌的忠实伴侣。波德莱尔的契合理论指出：宇宙间万事万物之间都存在着神秘的对应关系，诗歌中寻找与生命相对应的自然物象便是理中之事。同时，在寻找同自然的契合关系时，祁筱慈还不忘从自己的文化传统中寻求指引，《千里江山如画》便是对历史的一种回应：

一个小女孩往家赶
从南海向北海一路上大雪纷飞
南海之南有玄奘

流沙中穿越楼兰与西凉
北海之北有苏武，贝加尔湖畔
放牧七零八落的小羊
出长安，向西南，是文成公主一行车架蒸腾烫热
向西北，是内心天高地远的王蔷
大漠孤烟，觱篥长鸣，箜篌回荡
昭君，昭君不惯胡沙远，一声声呼唤
洪荒于海市蜃楼深处的疆北
……

……
一个小女孩，手牵着迎春花
看潮水斑斓　在梦中醒来

一个小女孩手牵着迎春花，在一个长夜，踏遍万年历史和千里江山。历史倏忽间，具象为一位位历史人物，又幻化成一段段路程和无数次出征，庞大而多义的过往浓缩成一缕春风，射入怀中的迎春花。如此曼妙的写作，将如起伏的历史，在文化灿漫里与轻盈的小女孩形成互文，阅读者再也无法将视线从那枝迎春花上移开，形而上再次与物理实在完美融合。

中国古典诗歌往往用乡村和自然的意象创造一个诗意的居所，出现在这些诗中的诗人也往往是超然的、优雅的。在现代社会重温这些古老的山水诗和田园诗，它已成为我们的怀乡病。在山乡原野中，人的灵性、自然的魅性得到了全方位的呈现，受此影响，自由舒展于原野的祁筱慈，诗歌创作意识中充满着丰沛的生命意识和强烈的生存智慧，描写着季节轮回、生命循环所特有的蓬勃生机。

艺术本就体现了民族与时代生活中一种精神上的调节。在这重意义上，

祁筱慈自觉不自觉地面对传统并呼唤着传统的依据，与古典诗歌的意象论达成了某种隐秘的契合，在诗歌中不断生成和确认自我与久远历史的联结。当然，祁筱慈应该在意象的开掘上更为用心，不只是传统中保有的含义，更要在新的时代语境中，让传统意象成为言说的新载体。她表现出了这种努力："累出老茧的孤独""眼泪吵醒了长夜"等言说虽然过于修辞化，却在客观上维护了思维的新鲜感，与语词的绵延力和生命力。祁筱慈甚至略带骄傲地写下：

我会与村庄的蝉鸣
不露声色地读语出
五十年后的散文诗
到那时我不会羞怯　害怕
让那些刺眼和灼热
变成泥土尽情流溢出一片花丛
我晓得
在诗歌中的人永不会老去

只是祁筱慈也要避免过度修辞的弊端。她在诗中写道："既然我们在文字中相遇／就诚实地坚信。"诗歌是用词语朝圣，亲近生命的语言才是真正的诗歌语言。让日常生活的片段生发诗意，日常生活才有了得以增值的意义维度。语言发掘出单纯事物的复杂内涵，在这一观照方式下，激情推动，字里行间乍现灵光。祁筱慈诗歌中令人侧目的组合，让阅读她的诗歌成为一场新奇的体验，在她的诗歌中，过往被橘子忆起，嘈杂被炒成菜肴，发呆的芦苇仰望着炙热的光阴，旋律跳进了田野，而"那些傻乎乎的语言／全部摔倒深埋／也曾挂在枝头晾晒"。诗人坦然地说道：

我喜欢倚靠在一棵粗朴的老柳树下
与它讲起值得记起的过往
你说要用一生的梦想
把语言搁在这里守放天性

至此，祁筱慈在相当程度上完成了在这本诗集中对语言许下的承诺，她灵巧地使用着汉语，尽自己的努力印证着：语言是通途，总是以直接、明朗的方式，向受众敞开意义的通途。

从接受角度上看，传统好诗标准一向定位在“感动”“打动人心”。这是中国长期古老诗教的结果，也与中国人特有的文化心理结构息息相关。中国古典诗第一原则是“抒情”。感情不只是诗歌创作过程中的良媒，更是诗的直接内容，好作品会从情感上征服读者。因此中国诗话中对“情”反复强调：“情之所至，诗无不至。诗之所至，情以之至。”而黑格尔一再提出“诗的出发点就是诗人的内心和灵魂”，则是要确认诗歌作为一种艺术区别其他叙事艺术的本质特征在于，以充分彰显诗人精神个体性为特点。逻辑的、思辨的理性思维，不是祁筱慈创作的推动力，她诗歌动人的根本原因在于丰厚的情感增值，言说形式的发酵。诗作中大量感觉、直觉的出色呈现，挑战着阅读者原本的常态思路，撬动思维的冻土，在时空中打开人们心中久远的情结，祁筱慈的诗歌自然地接近着抒情诗歌的本质。而这一切的基础正在于，她以自我找寻的精神向度和自由清丽的言说方式，表达着自己对小镇的依恋：

我热爱它们的灵性
如同热爱你一样亲切
这是五点三十九分的温泉小镇

文学博士　杨晨洁